VIP
抱擁

高岡ミズミ

white
heart

講談社X文庫

目次

イラストレーション／沖《おき》　麻実也《まみや》

VIP
ブイアイピー

抱擁
ほうよう

1

あくびをしながら寝室を出た和孝《かずたか》は、全裸のままリビングダイニングへ足を向けると、まずは給湯スイッチを押し、次に冷蔵庫から取り出した冷たいミネラルウォーターで喉《のど》を潤すと同時に目を覚ます。

時刻はすでに十三時を過ぎているが、それもしようがない。昨夜は――すでに明け方に近かっただろう――どういうわけかやけに盛り上がり、だらだらと行為を長引かせてしまった。

昨夜に限って言えば、主に自分のせいだと自覚している。が、久遠《くどう》につき合うほうが多いのだから、たまにはこういう日もあるとあきらめてもらうしかない。

朝から出かける用事があると知っていたら俺だって自制したんだよ、という心中の呟《つぶや》きなど無意味だ。これまで自制できたためしがないし、言い訳したい相手は何時間も前に出かけたあとなのだから。

「ま。いいか。基本、あのひとタフだしな」

出がけに交わした会話を思い出し、妙にくすぐったい心地になる。

――眠っていていい。

そう言って髪に触れてきた久遠に、夢うつつのなかで「いってらっしゃい」と声をかけた和孝は、一度目を開け、寝室を出ていく背中に視線を投げかけた。

スーツの背中はどんなときでも頼もしく、そのためか、いい夢を見たような気がする。

昔一緒に暮らした半年、再会してからの三年あまり、普段着姿も数え切れないほど目にしたというのに、やはり瞼《まぶた》の裏に焼きついている久遠は、いつもスーツを身に着けている。

離れていた数年間、幾度となく頭に思い描いていたときですらスーツ姿だったので、自分にはよほどその印象が強いらしい。

もっとも、それも当然だろう。

寸分のずれもなくあつらえられたスーツを、あれほど堅苦しく着る男はそういない。富裕層であるＢＭ《ビーエム》の会員たちと比較してもそれは顕著で、見ているこちらのほうが息苦しくなってくるほどだ。

一方で自然に意識していたのも事実で、久遠と再会して以降、それまでよりきつめにネクタイを整えていたし、自身の着方についても気にするようになっていた。

もっともそれは三年前までの話で、いまの自分はスーツとは無縁の生活だ。衛生管理や清潔感には人一倍気を遣っている一方で、ＢＭに勤めていた頃より衣服に金銭をかけていない……かけようという気持ちがなくなった。

当時は、たとえ自宅にいてもどこか気を張っていたのだろう。宮原《みやはら》に与えられたＢＭのマネージャーという立場を汚さないよう必死だった。

生活のすべてがそのことだけだったと言ってもいい。

久遠に再会したあとはなおさらで、常に緊張の糸を張り詰めていた。いまとなっては、なぜそこまでと不思議になるが、あの頃の自分はとにかく弱みを見せたくないと、そのことで頭はいっぱいだった。

年齢を重ねたおかげか、それとも、気の置けない友人たちと自分の城を持ったからなのか。余裕を持てるようになった理由はその両方だろうが、心情が変化したのは、久遠を信じられるようになったためだと思っている。

正確な時期はわからない。でも、あれほど疑心でいっぱいだったのに、いつの間にか久遠に対して心を許している自分に気づいた。いったんそうなれば、あとは推して知るべしだ。

十七歳で家出をしてからずっとひとりで生きてきた、誰にも頼らず自立している、というのが単なるまやかし、虚勢だったことを否応《いやおう》なく自認させられた。

それとともに口では悪態をつきつつ、久遠ならどうにかしてくれると思い始めたのだ。

こうなった以上、認めるしかない。誰より信じられなかった男を、いまの自分は誰より信じているという事実を。

バスタブに身を沈めた和孝は、だらりと四肢を投げ出し、とりとめのない思考を巡らせる。いや、思考ですらなく、これはもはや感情の話だ。

どこか冷めていると言われてきた自分が、じつはこんなにも感情的な人間だったと久遠に出会って初めて気づいた。

第一印象で危険な男だと察知した自分の勘は、どうやら当たっていたようだ。

当時、やくざと知って逃げ出したのは、騙《だま》されたからだと思っていたし、久遠本人にもそう言った。けれど、きっとあの頃の自分は逃げ出すきっかけが欲しかったのだろう。

これ以上傍《そば》にいたら、見ないふりをしてきたこともすべて暴かれてしまうと本能で察していたような気がする。

まさに反抗期の子どもだ。結局のところ弱い自分を隠したいと、それだけだった。

「…………」

と、いま昔を思い出すたびに恥ずかしさが増していくのは、どういう心理状態なのか。若気の至りを反省するほどの余裕が出てきたと、多少は成長したことを喜ぶべきなのかもしれない。

などとのんきに構えていられるのは、とりあえずとはいえ騒動に決着がつき、平穏な日常を取り戻したおかげだった。

結城《ゆうき》組襲撃事件も早々に解決し、先日の週刊誌の件にしても、確かに南川《みなみかわ》の死自体にはショックを受けたものの一応の決着を見た。まだ黒幕は判明していないが――これに関してはなにが正解なのか、一般人である自分は判断しかねている。

普通に考えれば、今後のためにも諸悪の根源は取り除くべきだ。

しかし、現状が安定しているのならあえて波風を立てないほうがいいのではないか、とどうしても考えてしまう。

久遠の失脚を狙《ねら》う者は、たとえ今回の黒幕が去ったところでまた現れるに決まっている。内情に通じているとは言い難《がた》い自分であっても、ゆうに片手ほどの敵は挙げられるのだ。

たとえば他組織。木島《きじま》組が傾けば、不動清和会《ふどうせいわかい》につけ入る隙《すき》ができると考えたとしてもおかしくない。

たとえば久遠に恨みを持つ者。砂川《すなかわ》組はもとより他にも少なからずいるだろう。真っ先に思いつくのは三代目の嫡男、田丸慧一《たまるけいいち》で——彼はいま国外にいると聞く。

あとは、三島《みしま》四代目。

あの男なら玉座を守るために仲間をも利用し、久遠を潰《つぶ》しにかかることくらい平気でやりそうだ。

あるいは五代目の座を虎視眈々《こしたんたん》と狙っている者。そいつらにとって久遠は目の上のたんこぶも同然。表面上友好的な態度を見せていても、腹の中までは誰もわからない。

鈴屋《すずや》と言ったか。嘘《うそ》の肩書で自分に近づいてきた男にしても、じつは久遠の弱点を知ろうとしていたのかもしれない。

疑い始めると、誰もが怪しく思えてしまう。

「そういえば、久遠さんの両親が亡くなった事故の真相って、あれからどうなったんだろ」

当時事故として処理されたらしいが、久遠は端《はな》から信じていないと明言した。その後、区切りがついたと聞いたきりで、誰がなにをしたのか等、久遠の口から詳細は語られずじまいでいる。知っているのは、いまは診療所を営んでいる冴島《さえじま》が大学病院の医師だった頃に、当時高校生の久遠と出会ったということくらいか。

もっとも自分にしても詳しく教えてほしいわけではない。

家族に関する問題はデリケートだ。和孝自身、久遠には親とうまくいかずに家出をしたと話したくらいで、家にやくざが出入りしていたとか、彼らと義母の関係を疑っていたとか、そのあたりについてはあえて口を閉ざしている。

義母への腹立たしさはあったにしても、家出の原因はそれではなく、やはり父親のせいだからだ。すり寄ってくるよからぬ人間の存在に気づいていながら気づかないふりをしていたり、義母の言いなりだったり、十年たったいま思い返してみても父親として夫として失格だったと断言できる。

そんな話を誰が率先してしたいだろう。

秘密にしているわけではないが、あえて口にのぼらせるほどでもない。誰しもそういう事情のひとつやふたつはあるはずで、久遠にしても、自分に対して黙っていることはきっといくつもあるにちがいなかった。

――にしても、久遠はあまりに話してくれないことが多すぎるが。

それゆえ想像力ばかり逞《たくま》しくなっていき、ありとあらゆる可能性を脳内で並べているうちにわけがわからなくなるというのはよくあることだった。

絡み合った糸が縺《もつ》れに縺れて、解《ほど》けなくなる。

所詮《しょせん》、部外者である自分がいくら頭を悩ませたところで、的を射た答えなど見つけられるわけがないと我に返るまで。

「やめた」

両手で顔をぱんと叩《たた》いた和孝はバスタブから出ると、髪と身体《からだ》を手早く洗い、下着一枚でバスルームをあとにする。その格好のまま洗濯機のスイッチを入れ、目についた箇所にモップをかけていたところ、身体の冷えを感じて身を縮めた。

「寒っ」

それも当然で、すっかり秋めいてきた――と思っていると、一昨日から急激に気温が下がり、早くも冬の様相が漂い始めている。昨日、久遠宅を目指した際にも、あまりの風の冷たさにジャンパーの前を首まで閉めてスクーターを走らせたのだ。

「次からはマフラーしたほうがいいかもな」

風邪なんか引いては、仕事に支障をきたす。慌てて寝室へ移動してトレーナーとラフなチノパンを身に着けてからリビングダイニングに戻った和孝は、やたら大きな窓のカーテンを開けた。

現れたのは、マンションとは思えないほど開放感あふれる中庭だ。

贅沢《ぜいたく》、とはもう思わない。見慣れたせいかもしれないが、久遠の立場を考えるとこれくらいは、といまでは納得している。不動清和会のナンバー2、木島組の組長が庶民的なマンションに住んでいるほうが、対外面でも安全面でもよほどまずい。

四本並んでいる広葉樹はすでに赤や黄色の葉を落とし、季節は秋から本格的な冬へ向かう準備を始めている。ここから中庭の冬景色を眺めるのも、もうすぐ四度目になるか。

それはとりもなおさず、久遠と過ごす、四度目の冬がもうすぐやってくるということを意味するのだ。

頬《ほお》を緩めた和孝は、ふとローテーブルに置かれたそれに気づき、キッチンへ向かおうとしていた足を止めた。

朝刊の横に重ねられている郵便物。その一番上にあるのは、エアメールだ。なにげなくリターンアドレスを見たところ、どうやらフランスから届いたものらしい。

まさかフレンチマフィアと繋《つな》がりでもあるのか。真っ先に映画のワンシーンさながらの場面を想像してしまった自分に毒されすぎだと呆《あき》れつつ、それとなく男か女か差出人の名前をチェックする。

どうやら男のようだが――。

「昔の友人だ」

突如かけられた背後からの声に、文字通り跳び上がる。反射的に振り返った和孝は、引《ひ》き攣《つ》る頬で作り笑いを浮かべた。

「早かったんだね。ていうか、急に後ろから声かけないでくれる?」

ネクタイを緩めつつ歩み寄ってきた久遠が、エアメールを手にする。

「ディディエ・マルソー。いまは確か、宝石の売買をしていると聞いた」

「へえ」

フランスに知り合いがいるとは知らなかった。と思うと同時に、納得していた。久遠には、留学経験がある。本人か、それとも木島の希望なのか知らないが、結局やくざになったのだから無駄な経歴だ。

やくざなんかにならなくても、いくらでも他に道はあっただろう。惚《ほ》れた欲目を抜きにしても、久遠はどの業界であってもそれなりに頭角を現したにちがいなかった。

実際、やくざになるべくしてなった者たちと久遠の経歴は一線を画している。両親の件がなければやくざにはなっておらず、別の、まっとうな仕事についていたはずだ。

別のまっとうな仕事？

なんだろうと考えた和孝だが、うまくいかず早々にあきらめる。

他の職業につくならなにがいい？　なんていまさら本人に問うほど無神経なつもりもない。それに、久遠の返答は想像できる。

おそらく、「どうだろうな」の一言であしらわれるのだ。

これでも少しは久遠のことを理解できるようになった。久遠が「どうだろうな」と答えるときは、迷っているからではない。返答するまでもない、どちらでもいい、そういう意味だ。

もっとも和孝にしても、やくざ以外の久遠は想像できなかった。

「フランスねえ。俺も、店を出す前に一回くらいイタリアに行くべきだったな」

本場での修業となれば多少なりとも学びがあったろうし、箔《はく》がつく。が、当時はまったくそのことに思い至らなかった。

望んだのは、小さくてもいいからちゃんとした店を津守《つもり》と村方《むらかた》と作りたい、その一点だった。それに、イタリア修業なんて自分にとって現実的ではない。ひとりで日本を離れている間の自分がどうなるか、容易に想像がつく。

今日は無事か、怪我《けが》をしていないか、窮地に陥っていないか、厭《いや》になるほど久遠の身を案じて修業どころではなくなるのだ。

「そうだ。そのうちふたりでヨーロッパに旅行するっていうのはどう？」

こちらはなお非現実的だ。久遠もそれを承知で、

「ああ、そのうちな」

と返してくる。

無理だと言われなかったことに気をよくして、和孝はコーヒーを淹《い》れつつ軽い気持ちで水を向ける。

「そういえばさ、留学中って、どうだった？　久遠さんも羽目を外したりした？」

久遠が羽目を外す場面を思い浮かべるのは存外難しい。二十五歳のときにはもう、十七歳の自分の目にはずいぶん大人に見えた。

「普通だったな」

その一言でリビングダイニングを出ていく。着替えをすませた久遠が戻ってきたときにはちょうどコーヒーも出来上がり、ダイニングテーブルで向かい合うと、話の続きを始めた。

「普通って言われても、ぴんとこない。普通ってどんな感じ？　俺、高校のとき出席日数ぎりぎりだったし」

「家出少年だったからな」

「……っ」

家出少年は事実だ。それについては自身でもときどきネタにもするが、他者に言われると、絵に描いたような反抗期を揶揄《やゆ》されたみたいな気がして途端に気恥ずかしくなる。

しかも、久遠にとなればなおさらだ。

居候《いそうろう》になっていた頃の自分はだらしなく、よく叩き出されなかったものだと呆れるほどだった。借りてきた猫みたいにしていたのは最初だけで、身体の関係ができてからはことさら怠惰な振る舞いを見せていた。

「その家出少年を自宅に連れ込んだのは誰だよ」

怖いもの知らずだったと思う。もしいま、久遠のような男についていく高校生を見つけたなら全力で止めるだろう。

やめておいたほうがいい。人生が変わるぞ、と。

とはいえ、自分が微塵《みじん》も後悔していない時点で止める権利はないのだが。

「じゃあ、久遠さんはどんな少年だった？」

この質問は重要だ。半端な気持ちや、話のついでになんてとても口にはできない。

あえて軽い口調で持ち出した和孝に、久遠はまたしても普通だ、と同じ返答をした。

「……そっか」

しつこくするつもりはないので、一言だけで流す。一方で、同じ高校生の頃、逃げ出した自分と真逆の選択をした久遠の心情を思うと、胸が締めつけられるようだった。

両親の死から目をそらさず、真相を突き止めるために裏稼業に足を踏み入れようと決めた際の気持ちはいかほどのものか。もし自分だったらどうしたか。

「和孝」

名前を呼ばれて、はっとして視線を上げる。

「なんでもない。ただ、そういや俺は留学させられそうになったのがきっかけで家出したんだったなって思い出してただけ」

我が物顔で振る舞う義母に、なにより母親が亡くなってからも変わらず仕事しか頭になかった父親に対して怒りを募らせていた。厄介払いをされるくらいならこっちから消えてやろうと考えた。

結局、高校、大学の学費を頼ってしまったのだから、世間知らずな行動だったといまではわかっている。それでも父親に感謝しようとか、考えを改めて仲良くしようとか、そんな気には少しもなれないのは自分のせいでもあると。

「俺は、子どもの頃からこんな感じ」

ひょいと肩をすくめてみせると、ああ、と久遠が相槌《あいづち》を打つ。自虐ネタにあっさり頷《うなず》かれると、それはそれで面白くない。

「可愛《かわい》げがないんだよ」

家出少年の頃のみならずいまも似たようなものだという意味で口にする。子どもの頃、周囲の大人たちが自分の話をしているのを何度か聞いたが、いつも同じだった。

——可哀想《かわいそう》な子だから声をかけてあげたのに、あの子、なにも言わないのよ。ほんと、可愛げのない子。

最初の記憶は、母親の一周忌、親族に浴びせられた一言から始まっている。その後もことあるごとに、哀れみの言葉を投げかけられていたが、成長にともなってそこに厭な媚《こび》が含まれているのを感じ始め、いっそう嫌悪感は募っていった。

いや、可愛げがないのはもともとの性分だろう。そもそも愛想よくしようなんて気持ちは微塵もなかった。

「べつに可愛げなんていらないし」

どうせこれにも同意が返るだろうとばかり思っていたが、その予測は外れた。

「でもない」

久遠の表情がやわらぐ。

意外な表情に不意を突かれてしまった和孝は、憎まれ口で応じるしかなくなった。

「でもないって、なんだよそれ。あー、そういや、久遠さんって案外物好きだよな。なにしろ親ですら匙《さじ》を投げた奴《やつ》を拾うくらいだもんな」

はは、と笑い飛ばしてみせる。内心はそう気軽なものではなかった。

再会した当初、自分にとって必要か不必要か、迷いなく判断する久遠に対して、いずれ自分も必要ないと切り捨てられるのだろうと思っていた。

いつ切られても平気なようにと、和孝自身、久遠と距離を置いて接した。つもりだったが、常にそれを意識していたのは、平気ではなかったからこその裏返しだろう。

疑心暗鬼でいることは、あの頃の自分ができる精一杯の自衛だった。

つまり、十七歳の頃と同じだ。捨てられる前にこっちが先に捨ててやろうと意地を張っていた頃と。

それを思うと、自分の子どもっぽさが恥ずかしくなるし、物好きだと言ったのはけっして誇張でも冗談でもなく、よくこんなガキくさい奴につき合ってくれたよと本心から思っている。

「物好き、か」

なにを思い出してか、久遠が片笑む。

「先代によく言われた。やくざになろうなんて物好きにもほどがある。考え直せ、と。俺にとっては普通のことだったんだがな」

初めて聞く話に、和孝は真剣に耳を傾けた。やはり木島は、久遠がやくざになるのをよく思っていなかったようだ。

当然だろう。一般家庭から裏稼業に足を突っ込もうなんて誰もが止めるし、それを普通とは言わないはずだ。

本人以外は。

「木島さんは、久遠さんがこんなに出世するなんて思ってなかったんじゃない？」

「気のいいひとだったからな」

久遠の一言に、一度も会ったことのない木島を思い浮かべる。ネットで目にした顔は厳《いか》ついものだったが、言われてみれば目元に優しさが滲《にじ》んでいたような気がする。

久遠の昔話はこれだけだった。いまは十分だと和孝も口を閉じ、しばらく会話もなくコーヒーを飲む。

いつの頃からか、沈黙が気まずいと感じなくなった。なにも話さなくても、ふたりきりの空間を愉《たの》しめるようになったのは、多少大人になった証拠だろうか。

「さて、俺は夕飯の下ごしらえにかかるかな」

過去を思い出すとなんとも言えずばつの悪さがこみ上げる。と同時に、甘酸っぱい気持ちにもなるのは、いまの生活に満足しているからだった。

将来の希望を持てるのも、いまがあってこそだ。

Paper Moon《ペーパームーン》を続けていきたいとか、なにがあっても惑うことのない強い人間になりたいとか、そういう希望を久遠の傍で常に抱いていたいと思っている。

キッチンに立った和孝は、夕飯の準備をする傍ら、ソファで新聞を読み始めた久遠を時折眺める。

毎日複数社の新聞に目を通す久遠がいま手にしているのは、英字新聞。さすがインテリヤクザはちがうねと心中で突っ込む、こういう日常を続けていくのも、将来の希望のひとつだ。

知《し》らず識《し》らず鼻歌が出る。

べつにヨーロッパ旅行になど行かなくてもいい。なにもない、平凡な日々のありがたみを噛《か》み締《し》めながら休日を満喫できるほうがよほど自分たちには似合っている。

「まだ夕飯まで時間あるし、風呂《ふろ》でも入ってきたら?」

あらかた作り終えた頃、新聞に没頭している久遠に声をかける。腕時計に目を落とした久遠は、新聞をテーブルに置くとソファから腰を上げた。

「そうだな」

いったんドアへ足を向けてから、ふと、振り返る。

「どうする?」

なにが?　と問うまでもない。

「あ……でも、だって俺はさっきすませたから」

昨日のこともあるし、風呂に入るだけではすまなくなったらどうする、と言外に問う。

「そうか」

久遠はその一言であっさりリビングダイニングを出ていった。

「は？」

断ったのは自分だ。が――いとも簡単に受け入れられるとそれはそれでむっとする。もっとこう、がつがつとした熱はないのかよ、昔みたいにたまには強引に押し切ってみろよ、と不満に思うのは致し方なかった。

いや、これはおそらく久遠の手だ。こちらが焦《じ》れるよう仕向けられたのは一度や二度ではないし、これまで何度も煽《あお》られてきた身としては、そうはいくかと今日くらいは行動で示してやりたかった。

エプロンを外し、ソファに放り投げた和孝は久遠のあとを追ってバスルームへ向かう。ちらりと視線を寄越しただけでなにも言ってこないところをみると、どうせこうなると高をくくっていたのだろう。

今日はそっちが焦らされる番だと心中で高らかに告げ、さっさと裸になって先にバスルームへ入ったあとは、久遠に背中を見せた状態で黙々とやるべきことをやっていった。

「え」

だが、唐突に伸びてきた手にびくりと肩を跳ねさせたのは、意識しすぎてしまったがゆえの失態と言うしかなかった。

「ボディソープを取ろうとしただけだ」

しかも、しれっとそんな台詞《せりふ》が返ってきてはなおさら格好悪い。

「じゃあ、お好きにどうぞ」

こちらも負けじと知らん顔でボディソープのボトルを手渡し、また背中を向けた。

「俺が洗ってやろうか？」

返答を躊躇《ためら》ったのは一瞬で、

「遠慮します」

きっぱりと辞退する。いつも流されると思ったら大間違いだ。

以降、会話もなく、各々《おのおの》普通に風呂をすませることになる。それはその後も一緒で、まるで偶然居合わせた知人であるかのような時間を過ごす。

いや、知人ならばまだマシだ。そこにいるだけでこれほど存在感を示してくる知人なんていないのだから。

素知らぬ顔でソファでまた新聞を読み始めた久遠には我慢も限界で、歩み寄った和孝は正面に立った。

「なんなんだよ。息が詰まるだろ」

不満をぶつけると、やっと久遠が顔を上げる。てっきりそっけない態度をとられるとばかり思っていたが、意外にもどこか愉しげな視線を投げかけられた。

「久しぶりに聞いたな」

「なにが？」

「息が詰まる」

「……ああ」

そういえば、以前は何度も口にした。「息が詰まる」「窮屈で耐えられない」「放っておいてくれ」

あの頃の正直な気持ちだった。

「昔の話だから」

いまの自分は久遠と一緒にいると落ち着く。あれこれよけいなことを考えずにすむし、たいして興味がないだろう雑談につき合ってくれる久遠の努力も伝わってくるので、いい関係になっているのは確かだ。

「いまは俺といて愉しいか？」

「そうだね」

これについては間違いない。ときには苛《いら》つくこともあるが、そういうのを含めて愛すべき日常だ。

会話は弾まなくても、ふたりで過ごす時間はやはり愉しいと表現していいだろう。だからこそ時間を作って会いにくるし、離れているときは会いたいと願うのだ。

「もっと愉しいことをするか？」

「えー……」

答えは決まっているものの、一応悩むふりをする。バスルームでのお返しのつもりだったが一分と保《も》たなかった。

「昨日もやったのに」

呆れ半分、あきらめ半分でこぼす。

「そうだったか?」

空惚《そらとぼ》ける久遠に促されるまま大腿を跨《また》ぐ格好になると、間近で見つめ合った。

「そりゃあもう厭ってほどしつこく」

「厭だったか」

「……それはまあ」

厭なんて言ったところで説得力はない。すでに心臓は高鳴っているうえ、身体も熱くなり、欲望が腹の奥からこみ上げてくるのだ。

「厭、ではないかな」

その言葉とともに、こちらから顔を近づける。舌先で久遠の上唇をすくうと、ゆっくり内側を舐《な》めていった。

「ならよかった」

ふっと久遠が笑みを浮かべた。それを合図に舌を絡め合い、口づけを深くする。背中を手のひらで撫《な》で回《まわ》されながらのキスに、昂《たか》ぶるのは早かった。

「……寝室に、行きたい」

ここでこれ以上進めてしまったら、ベッドに辿《たど》り着《つ》くのすら難しくなる。そういう意味だったが、

「もう少しだけ」

久遠はその一言で和孝の着ているパジャマの裾《すそ》を捲《まく》りあげた。どうせ少しじゃすまないくせにと思うが、自分にしてもここで抗《あらが》う気は微塵もない。

久遠に協力して、パジャマの上を頭から抜き、ついでにズボンも脱ぎ捨てた。

口づけを解いた久遠が、代わりに長い指を口許《くちもと》に近づけてくる。仄《ほの》かにマルボロの匂《にお》いの残る指を咥《くわ》えると胸が高鳴り、促されるまま丹念に濡《ぬ》らしていった。

「ん……ぅ」

そうしているうちに、激しい欲望に駆られる。中心が熱くなるばかりか、体内が疼《うず》きだし、どうしようもなく気がはやった。

それを察したのか、久遠が指を口から抜いた。そして、ふたたび口づけを再開すると同時に、後ろを濡れた指で解きにかかる。

「ふ……あ、ぅんっ」

入り口を押し開いて、指が中へともぐり込んできた。ゆっくり広げて、緩ませる。その動きにも感じて、和孝は息を乱し、身体を震わせた。

指の動きに合わせて内壁が痙攣《けいれん》するのがわかる。一度自覚すると、快感は増していく一方だ。

「も……いい」

久遠の胸にすがりつく。

「まだきついだろう？」

久遠の言葉のほうが正しいのだとしても、これ以上待つつもりはなかった。耳朶《じだ》やうなじに唇を這《は》わされると、なおのこと焦れてくる。

「へ……いき。あとは、久遠さんの……で濡らして、広げて」

久遠のパジャマの中へ手を入れ、直接中心に触れる。熱くて硬い久遠自身が内側へ挿《はい》ってきたときのことを想像しただけで、ああ、と声がこぼれ出た。

「早く」

膝《ひざ》立ちになって急《せ》かすと、ようやくその気になったようだ。

「あとで泣くのに」

困った奴とでも言いたげに苦笑したあと久遠は自身をあらわにし、入り口へ押し当ててきた。

「あ――」

滲んだ蜜《みつ》を入り口に擦《なす》りつけるようにして、押し開きにかかる。その熱を、和孝は久遠の肩に体重を預け、身体の力を抜いて待っていればよかった。

「うぅ、ぅあ」

圧倒的な存在に翻弄《ほんろう》される。抉《えぐ》るように少しずつ身体を割り開かれる苦しさに胸が喘《あえ》ぎ、身体の震えは止まらなくなる。

反射的に逃げを打ってしまうが、久遠に掻《か》き抱《いだ》かれたせいでどうすることもできなくなった。

「和孝」

久遠はやすやすと目的を果たし、和孝は——最初に言われたように無意識のうちに涙を滲ませていた。

「あぁ」

ぐっと引き寄せられ、完全に密着する。

「だから言っただろう?」

こめかみや頰に唇を這わせながらそう言われて、小さくかぶりを振った。

「でも……いい」

久遠の脈動をダイレクトに感じて、身体が悦《よろこ》ぶ。それ以上に心が満たされ、両腕を逞しい背中に回した。

「久遠さんは?」

「ああ、すごくいい」

吐息混じりの言葉を聞くと、苦しさすら快感に変わる。

「どうにかなりそうなくらい？」

だが、まだ足りない。鼻先に口づけてから、さらなる言葉をねだる。

「そうだな。俺がどれくらいいいか、おまえはよくわかっているだろう？」

「ん……わかってる」

自分がこれほどいいのだから、同じだけの快感を久遠も味わっているはずだ。その証拠に繋がったところはまるでひとつに溶け合っているかのように感じられる。

もしかしたら、この瞬間を味わいたいがために久遠と抱き合うのかもしれないと思うほどだ。

「このままでいるのは難しいぞ」

「それも、わかってる」

何度肌を合わせようと、すぐに足りなくなって欲しくなる。もはや性欲というより、久遠自身を求める心の強さのような気がしていた。

「――久遠さん」

隙間《すきま》がないほど抱き合い、同じ感覚を共有しているときが一番安心できる。それは和孝にしてみれば自然で、素直な感情だった。

2

「ありがとうございました」

　昼の部の最後の客を見送ると、肩を回しながら、ほっと一息つく。ここのところ順調に客足が伸びてきているおかげで心も軽く、一時期のトラブルがまるで遠い出来事のように感じられた。

　だからと言って、気を抜くつもりはない。それは自分のみならず、津守《つもり》と村方《むらかた》も同じ考えのようで表情や態度にやる気が満ちあふれている。

「津守さん、さすがですねえ。いま渡されてたの、連絡先でしょ?」

　好奇心もあらわに津守に詰め寄る村方は、人当たりのよさと、ふわふわとした巻き毛にやわらかな面差しが相まって自他ともに認める、店の癒《い》やし系アイドル、マスコットだ。

　真偽のほどはさておき、本人はぜんぜんモテないと公言している。それゆえの、「さすが」であるのだ。

「受け取ってない」

　津守が両の手のひらを掲げて見せる。当然の判断で、お客様の秋波に対しては気づかないふりを決め込み、もし直截《ちょくせつ》な行動に出られた際は角が立たないよう最善の気遣いでもって辞退する。それは、BM《ビーエム》のスタッフだった頃からの鉄則だった。

「ですよね。それにしても、もう何回目ですか？　同じ男として、ちょっと嫉妬《しっと》しますよ～」

「受け取れない連絡先をいくらもらってもな。本命に好かれなきゃ意味がない」

「え。本命、いるんですか？」

「いない。というか、いまは店のことでいっぱいでそういう気になれないからな」

「なんですか、それ。格好いい」

片づけをする傍ら、ふたりの恋愛談義をBGM代わりにして手早く賄《まかな》い飯《めし》を作った和孝《かずたか》は、いつもどおりカウンター席に用意する。

今日のメニューは、かぶとサーモンを使ったリゾットと、ミネストローネだ。

「津守くんが格好いいのは前からだろ？　ほら。冷めないうちにどうぞ」

なにしろ元BMのドアマンだ、と言外に告げ、スツールに座るよう促す。

「わ。おいしそう」

三人並んだところで両手を合わせると、いただきますと声を揃《そろ》えた。

食事をしつつ、リゾットに使用したチーズの分量について話していたとき、ふと、村方がため息をこぼした。

「なにかあった？」

村方にしてはめずらしく横顔が曇っているように見え、水を向ける。

「ありません。なにも」

そう答える声にも覇気がなく、やはり村方らしくないと思った矢先、津守が隣からアイコンタクトとともにかぶりを振ってきた。

聞くな、ということか。と察したものの、手遅れだった。

「なにもないのが問題なんですよ。僕、昨日唐突に気づいたんですけど、大学卒業してから五年間、決まった相手がいないんです。どころか、いい雰囲気になった相手もゼロ。皆無なんですよ」

「あー……」

こういう話だったか。さっき津守にやたら絡んでいたのもこれのせいだとわかって合点《がてん》がいく。

「正直なところ、大人になってからまともな恋愛してない男って、どう思います？」

村方の顔がこちらへ向いた。真剣そのものの表情を前にして、返答に詰まる。「焦ることない」とか「そのうち」とか笑って流してもいいものかどうか。

さらには。

「先に断っておきますが、この五年、告白されたこともなければ、津守さんみたいにこっそり連絡先を渡されたりとか、そういうのも一切ありません」

「…………」

　そもそも自分になにか助言ができるはずがなかった。なぜなら友人同士恋愛の話で盛り上がるような青春時代を送らなかったせいで、こういうとき気の利いた言葉ひとつ浮かばないのだ。

「あ……その、なんでだろうな。村方くん、魅力的なのに」

「慰めは不要です。僕もわかってるんです。男として意識されないってこと。その点津守さんは、男の僕から見ても格好いいですからね」

　一方で、津守自身はこの手の賛辞にも慣れているのか、ありがとうと礼を言い、笑顔さえ見せる。結局のところ男は度量の大きさなのだろうと、村方同様に恋愛経験の乏しい和孝としては認めざるを得なかった。

「まあ、俺なんか告白されたこと一度もないし」

　村方を励ますつもりで自身の恥部を口にする。実際、生まれてこの方、一度としておつき合いの申し込みをされた経験がなかった。

「オーナーはそりゃそうでしょうとも」

　とはいえ、同意されるとそれはそれで引っかかる。

「それって、俺は男としての魅力に欠けるって意味？」

　そうか。村方から見ると自分はそういう人間なのか。だからこれまで誰からも好かれなかったのか、とやや自虐的な気持ちにも駆られ、落ち込むには十分だった。

「それ以前の話ですよ。誰だって引き立て役にはなりたくないですもん」

一言で簡単に片づけられたことにもショックを受けたが、食い下がるのも躊躇《ためら》われて口を噤《つぐ》む。やっぱり久遠《くどう》さんが物好きなわけか、とあらためて嚙《か》み締《し》めるはめになると同時に、この手の話題は苦手だと再認識した。

恋愛に関して、自分の基準は久遠になる。まともにつき合った相手が久遠ひとりなのでそれについては仕方がないとはいえ、問題は他人に打ち明けられるような話がひとつもないということのほうだった。

そのせいか、といまさらながらに気づく。

ＢＭのスタッフからも津守や村方からも客からも、一度としてこの類《たぐ》いの相談をされた憶《おぼ》えがないのは、おそらくそういう部分が表に出てしまっているからだろう。

確かに、それ以前の話だ。

「村方は、いま恋愛がしたいのか？」

和孝が自虐的な気持ちになっていると、津守がいきなり核心を突き、はっとして村方を窺《うかが》う。津守に対して嫉妬という言葉を発したこと自体、らしくなく、なにか原因があるにちがいなかった。

「それは……」

　村方が、不似合いな表情でかぶりを振った。

「そうじゃありません。僕はいま怒ってるんです。じつは昨日、学生時代の友人と会ったんですが、うちの店のこと胡散《うさん》くさいって言ったんです。いい歳《とし》してあんな胡散くさい店で働いてるから、彼女ができないんだなんて、あんまりじゃないですか？　僕、なんだか悔しくて……あ、もちろん反論しましたよ。確かに僕は恋愛から遠ざかって久しいけど、オーナーは燃えるような恋の真《ま》っ只中《ただなか》だし、同僚はモテモテで困ってるくらいだって」

　ひくりと頬《ほお》を引《ひ》き攣《つ》らせたのは、きっと自分だけではないはずだ。そう思って隣を窺うと、津守が呆《あき》れた様子で肩を落とした。

「反論するのは、そこじゃないだろう」

と。

「まあ、週刊誌にああいう載り方をした以上、胡散くさい店だと思っている人たちがいるのはしょうがない。週刊誌のネタは、他人の興味を惹《ひ》くためのものだから過激な文章のほうが受けるだろうし。記事を鵜呑《うの》みにする人たちに対して、俺たちは口じゃなく姿勢で示していくだけだ」

　津守の言うとおりだ。あの事件以降、ぱたりと顔を見なくなった客もいるが、彼らに対して自分たちがすべきなのはひとつ、できることを全力でやる、それだけだった。

　村方はただでさえ大きな目を見開き、ぐっとこぶしを握り締めた。

「ほんとそうですね！　僕のためだって転職を勧められたからつい熱くなっちゃいましたが、大事なのは姿勢ですね！」

村方が熱くなった気持ちは理解できる。なんでも言い合える親しい間柄だからこそ、助言が胸にこたえるのだ。

「………」

一度はスルーした言葉が、ふと脳裏をよぎる。

――あ、もちろん反論しましたよ。確かに僕は恋愛から遠ざかって久しいけど、オーナーは燃えるような恋の真っ只中だし、同僚はモテモテで困ってるくらいだって。

「燃……」

いまさらながらにボディブローのごとくじわじわ効いてきた一言を訂正したくて口を開く。が、結局その先が言えずに黙り込んだ。

燃えるような恋なんて、そんなロマンティックなものではない。むしろ常に綱渡り的な不安定さを感じている。

だからこそ自分の感情を制御できずに突飛な行動に出てしまうのだが――先日の出来事はその最たるものだと言えた。

津守と村方、ふたりの前で恥ずかしい告白をしたうえ、このままでは久遠が逮捕されると早合点し、店を捨てる覚悟で飛び出した。

自分でも無茶な行動だったと恥じているくらいなので、他者からすればそれ以上の愚行に思えただろう。

本来ならば、すごすごと戻ってきた際に呆れられてもいいはずなのに、多くは聞かずあたたかく迎え入れてくれたふたりには心から感謝している。以降も、何事もなかったように接してくれるのだから、これほどありがたいことはない。

一方で、あの出来事があったから「燃えるような恋」と言われたのもわかっているため、この手の話は心臓に悪いというのが正直な気持ちだった。

暴れ馬。逆毛を立てた猫。

これまで久遠に言われた恥ずかしい言葉が頭をよぎり、いっそう苦い気持ちになる。言い訳したい。でも、そうすれば自分から恥の上塗りをするようなものだ。

急に落ち着かなくなった和孝は、食事を終えると早々にスツールから腰を上げた。

「夜の部の準備でも、ぼちぼちやるかな」

その一言で空いた皿を手にすると同時に、厨房《ちゅうぼう》へ足を向ける。直後、ポケットの中の携帯がぶるりと震え、取り出して確認してみたところ弟の孝弘《たかひろ》からメッセージが入っていた。

有名私立小学校へ通っている孝弘は、兄の自分とはちがって真面目《まじめ》で聡明《そうめい》、おまけに優しい子だ。以前、家庭教師をしてくれた聡《さとし》も、小学四年生とは思えないと感心していた。

その聡にしてもけなげで頑張り屋で、いまも母親を支えながら勉学に励んでいると聞く。

聡は元気で頑張っているだろうか。偶然見かけた聡を連れ帰り、ともに暮らした数ヵ月間を思えば、懐かしさに胸が疼《うず》く。

たとえ久遠の真似事《まねごと》をしたのだとしても、自分にとっては心から懐かしめる、大事な思い出だった。

脱線しそうになる思考を振り払い、携帯のメッセージを開く。

まだBMで働いていた頃に初めて孝弘から連絡がきて、早三年。直接顔を合わせる機会はなかなかないが、メッセージのやりとりは続けている。

『会ってお話しできませんか？』

その文面に複雑な心境になる。異母兄弟とはいえ、普通ならもっと親しく接していてもおかしくない。小学四年生だとまだ甘えたいだろうし、我が儘《わがまま》を言いたい年頃だ。なのに、孝弘が『会って話したい』ではなくこちらを気遣う言葉を送ってくるのは、ひとえに自分のせいだとわかっている。

不肖《ふしょう》の兄でごめんな。

心中で謝ってから、返信する。

『次の定休日でもいい？』

Paper Moon《ペーパームーン》の定休日は、毎週土曜日だ。近隣の店が軒並み日曜休みなので、あえて土曜日にしようと開店時に三人で話し合って決めた。

他に月一回、第二水曜日も休みにしているが、もっぱら他店の食べ歩きをしたり、メニュー開発をしたりする日に当てている。

といっても、ここ最近は週刊誌の件でごたごたしていたせいで落ち着かず、食べ歩きをするような状況ではなかったが。

「……なにかあったのかな」

孝弘の返信を見て、ぼそりと呟《つぶや》くと、食べ終わった皿を手に厨房へ入ってきた津守と村方が何事かと問うてきた。

「ああ、これ。弟からなんだけど」

携帯をふたりに見せる。

「『これから行ったら駄目ですか』か。確かに急だな。土曜日まで、待ってられないってことか」

やはり怪訝《けげん》に思ったのか津守が首を傾《かし》げる。自分が家出をして親と絶縁していることや孝弘の性格を知っているからこその言葉だ。

「最近また、テレビでいじめのニュースとかやってますもんね。孝弘くん、気が優しいだけに心配」

村方の一言には、まさかと返したものの、その可能性はゼロではない。うっかり孝弘がいじめられている場面を想像してしまったせいで、どっと冷や汗が噴き出した。

「もしくは、お父さんとお母さんが喧嘩《けんか》しちゃって思わず家を飛び出した、とか？」

不穏な台詞《せりふ》ばかり口にのぼらせる村方に、

「孝弘に限って、それはないだろ」

ははと笑い飛ばす。しかし、さらに耳に痛い言葉を浴びせられるはめになった。

「うちの子に限って。まさかうちの子が。いじめや犯罪に巻き込まれた子の親って、最初はみんなそう言うって聞きますよ」

「……っ」

確かにそうだ。年齢より聡明だからといって楽観視するのは間違いだ。年相応にクラスメートと揉《も》めるときはあるだろうし、家出したい心境になるときだって——ないとは言い切れないのだ。

「ストップ」

津守が割って入った。

「勝手な想像で怖がらせて、オーナーが飛び出していったらどうするんだ」

冷静な津守に、そうだよなと我に返る。村方が言っているのはあくまで仮定の話だ。想像力を逞《たくま》しくして不安になったところでなんの意味もない、とわかっているのに寒気がおさまらず、ずきずきと心臓が痛みだす。

胸へ手をやった和孝はメッセージの返信をやめ、直接孝弘に電話をかけた。

呼び出し音が一回で途切れたことにも、よほどのことかと疑心暗鬼になり、ぎゅっと携帯を握り締める。

『お兄さんですか』

だが、予想に反して耳に届いた孝弘の声は、携帯越しにも弾んでいるのがわかった。

安心したのは一瞬だ。

嬉《うれ》しそうな声を聞いて、もっと頻繁に電話のやりとりをすべきだと兄として己の腑甲斐《ふがい》なさを痛感するには十分すぎる。

孝弘に対して多少なりとも後ろめたさがあるせいでつい連絡するのに二の足を踏んでしまっていたが、結局、自分勝手な都合を押しつけているだけなのだ。

『いまお仕事中じゃないんですか？』

相変わらずの敬語だ。兄弟だから堅苦しい言い方をしなくていいと以前話したことがあったけれど、あれから顔を合わせたのは片手にも満たない。頼ってほしいと言ったところで無理に決まっている。

まだ十歳やそこらの子にこんな気遣いをさせるなんて——兄失格なのはいまさらだが、だとしても自分がもっと親身に接するべきなのは間違いなかった。

　ごめん、とまた心中で謝ってから、ことさら明るい口調でさっきのメッセージの返答をする。

「大丈夫。いまは休憩中だし、今日日曜日だからそんなに忙しくないいんだ。孝弘が来てくれるなら、お兄ちゃん、腕を振るうよ。ああでも、ちゃんと家のひとに断ってからな」

『やった！』

　嬉しそうな孝弘の声にこちらまで嬉しくなり、自然に頬が緩んだ。

「おいしいもの作って待ってるから、気をつけておいで」

　はい、という孝弘の快活な声を最後に電話を終えると、こちらを窺っていた津守と村方と視線が合う。

「駄目な兄を持つと、弟は大変だよな」

　あたふたとした気恥ずかしさ半分、本音半分でそう言った和孝に、ふたり同時にひょいと肩をすくめた。

「挽回《ばんかい》の余地はいくらでもある。よな？」

　津守に同意を求められた村方が、ええ、と大きく頷《うなず》いた。

「大丈夫！　これからです」

「そうだな」

　過去の過ちはいくら悔いたところで消すのは無理だ。やり直しはできない。でも、これからのことなら、自分の気持ち次第でいくらでも変えられる。

「そっか。これから挽回すればいいんだよな」

自分は親とうまくいかず疎遠になっているが、だからこそ孝弘に同じ思いをさせることだけは避けたい、その気持ちは本心からだった。

夜の部の準備をしつつ、孝弘の到着を待つ。

日曜日は、会社員の多い平日とは客層が変わり、常連客やリピーター、女性誌を見て足を運んできてくれた女性グループでテーブルが埋まる。

平日よりゆったりしているぶん、津守や村方はもとより、普段は調理にかかりきりの和孝もカウンター席の客との会話を愉《たの》しむ余裕がある。

わざわざそれを目的に日曜日を選んで来てくれる客もいるくらいで、けっして社交的とは言えない自分にしてみればありがたいことだった。

もうすぐ夜の部が始まろうかという午後四時五十分、待ち人がやってきた。

シャツの上にVネックの白いニットを身に着けた孝弘は遠慮がちに店のドアを開けると、お辞儀をし、小学生らしからぬ丁寧な挨拶《あいさつ》をした。

「お兄さん、津守さん、村方さん。急に押しかけてきて、すみません」

途端に津守と村方が相好を崩す。もとより自分も同じだ。

「いらっしゃい。ほら、そこ座りな。孝弘の好きなハンバーグ、もうすぐできるから」

「わ……はい」

カウンター席へ座るよう促し、まずはサラダとクラムチャウダーを出す。年齢よりしっかりして見えても孝弘の好物は子どもらしくハンバーグ、そしてナポリタンなのでワンプレートに両方をのせると、仕上げに家庭ではなかなか出せないだろうプロ仕様のデミグラスソースを添える。

「わあ」

まだ幼さを残した孝弘の頬がほんのり染まった。

「前に作ってもらったのだ！　僕、お兄さんのハンバーグとナポリタンが世界で一番好きです」

一度作ったときのことを憶えていてくれたようだ。確かPaper Moonを開店してすぐの頃だったので、もう半年以上前になる。

ということは、孝弘と会うのも半年ぶりということだ。いくら忙しかったからといっても、これでは言い訳にもならない。

「孝弘くん、いっぱい食べな。和孝兄さんが跳び上がって喜ぶから」

それを察してか、津守が笑顔でからかってくる。

「孝弘くん、ほんといい子。抱き締めたい」

村方に至っては、その言葉どおり孝弘の肩を抱いて困らせたばかりか、

「僕、孝弘くんみたいな弟が欲しかった」

などと聞き捨てならないことを言いだした。

「あ、なにやってるんだよ、村方くん。やらないからな。ほら、俺の弟から離れてくれるかなあ」

「あああ、もう少しだけ」

「村方、オーナーに嫌われてもいいのか」

「それは厭《いや》です」

カウンター越しに舌戦をくり広げていると、孝弘が吹き出した。普段は行儀がよすぎると言ってもいいくらいなので、あははと年相応に笑う様に、見ているこちらもつられて笑った。

孝弘の様子を見る限り、どうやらいじめでも家出でもなさそうだというのもわかり、和孝はひとまず胸を撫《な》で下ろした。

「あ、いらっしゃいませ」

ドアが開き、夜の部、最初の客が入ってくる。さらに二番目、三番目と続き、慌ただしく仕事に取りかかる。

仕事中も、孝弘が自分の作ったハンバーグを頬張る様子に視線がいくのはどうしようもなく、そのぶん普段以上の緊張感を自身に課さなければならなかった。

一時間あまりで一段落つき、厨房を村方に任せた和孝は、孝弘の横に座る。

「おいしかったです」

少し恥ずかしそうに伝えてくる横顔は愛らしい。見ているだけで胸があたたかくなる、こんな感情を抱く相手はこの世で孝弘だけだ。

「ならよかった」

そう返すと、さっそく本題に入ることにする。深刻な様子ではないものの、なにかあるから会って話したいと連絡してきたのだろう。

「俺に話って、なに？」

水を向けると、あからさまに孝弘の細い肩に力が入った。やはりただ事ではなかったかと、和孝も顔を強張《こわば》らせる。

果たして自分にまともな助言ができるかどうか、思案するまでもない。学校は休みがち、あげく親と不仲で家出した兄なんて、悪い見本そのものだ。

「お父さんには止められてるんですけど」

言い難《にく》そうに唇に歯を立てる孝弘に、自分ときたら、いきなり出てきた「お父さん」という言葉に身構える。

父親と再会した際、いまさら仲を修復する気はないが、もう過去にこだわるのはやめようと決めたはずなのに、この体《てい》たらくだ。しかも、最近はそこに別の感情も混じり始めたからなおさら厄介になったと言える。

「お父さんが、どうかした？」

できるだけ笑顔のままで先を促す。

手元に目を落とした孝弘の話は、思いがけないものだった。

「お父さんが入院しました」

「――――」

「ストレス性の胃潰瘍《いかいよう》で、十日から二週間の入院になるって聞いてます。たいしたことじゃないから、お兄さんに言って心配かけると悪いからって……でも、僕……」

歯切れが悪かったはずだ。父親と兄の不仲を案じている孝弘にしてみれば、口止めされたものの黙っていていいのかと、子どもなりに大いに悩んだのだろう。

唇を固く引き結んだ孝弘の横顔と、自身の子どもの頃の感情が重なる。

父親の背中ばかり見せられてきたせいで、途中からどんな顔だったか思い出せなくなった。小学校一年生のとき、父の日のプレゼントで似顔絵を描かされたときにも、どうしても描けなくて白紙で出した。

母子家庭で、代わりに母親の顔を描いたクラスメートもいたが、物心つくかつかないかのうちに亡くなってしまった母親も自分にとっては身近ではなく、クレヨンを手にしたまま授業を終えてしまったのだ。

そのこと自体は、子ども時代の小さなエピソードにすぎない。けれど、自分の場合はそういう出来事のくり返しで現在の状況になったのは間違いなかった。

きっとあのときの自分は心もとない表情をしていたはずだ。いまの孝弘も、ひどく不安そうに見える。

「そっか」

和孝は孝弘の頭に手をのせ、くしゃくしゃと髪を掻《か》き乱《みだ》した。

「話してくれてありがとう。きっとお父さんは弱っているところを見せたくなかったんだろうな。孝弘が、僕が大人になるまで元気でいてって言えば大丈夫。お父さん、すぐ元気になるよ」

実際、自分が見舞いになんて行ったらよけいにストレスがかかって、治るものも治らなくなるにちがいない。

にしても、と心中で舌打ちをする。

ストレス性の胃潰瘍になるなんて、なにやってるんだ。まだ十歳の子がいるっていうのに、入院しなきゃいけなくなるまで我慢するなよ、と。

だが、孝弘の話には続きがあった。

「お父さんのお店……たぶんうまくいってないんだと思う」

「え——」

この一言は、自分にとっても衝撃だった。手広くやっていると聞いていたので、てっきり経営は順調なのだとばかり思っていた。だからこそ、家庭を顧みる間もないほど忙しくしていたのだろうと。

あれだけ仕事仕事だったのに……この有り様か。

飲食業の厳しさは、自分も熟知しているつもりだ。それゆえ、安易に手を広げすぎたのではないかと、父親に対して苛立《いらだ》ちがこみ上げる。

「でも、僕が子どもだからなにも話してくれないし、塾だって……」

その先は口にされなかったが、孝弘の言いたいことは予想がついた。私立の有名小学校の学費、習い事の月謝。

子どもだから適当にごまかせばいいなんて、軽くあしらうのは大人のエゴだ。十歳は、状況を察するには十分すぎる年齢だろう。

ただでさえ顔色を窺うことに関して長《た》けている子だ。両親の様子を日々目《ま》の当たりにして、つらい気持ちになっているのは容易に想像できる。

和孝は、一度大きく息を吸った。冷静になるためだが、なかなか難しい。懸命に理性の糸を手繰《たぐ》り寄せ、精一杯の作り笑いを浮かべてみせた。

「そっか。それは、息子としては心配だよな」

肯定したことが功を奏したのか、孝弘の表情が一変する。安堵《あんど》のあと、見る間にその大きな瞳《ひとみ》は潤んでいった。

「うん……心配」

同時に口調も変わる。これだけでも、孝弘がどれほど傷つき、悩んできたか伝わってきて胸が痛くなった。

助けて、口にはされない孝弘の声が聞こえるようだった。

「勉強が大変だから公立に転校したいって言っても、お父さんもお母さんも相手にもしてくれない」

勉強が大変だから。この一言がどれほど重いか。

あのひとたちは、息子の心情を理解しようという気がわずかでもあるのだろうか。少しでもあるのなら、相手にしないなんて行動はとらないはずだ。

父親の事業が失敗したことに関しては、自業自得だと言うしかない。もともと職人気質の人間なので、これまで複数の店舗を経営してこられたのは単に運がよかったのだ。

自分が知っているだけでも、もともとの洋食YUGI以外にレストラン三軒とバー一軒。

少なくともバーに至っては、門外漢だ。

苛々は募っていくばかりだが、ここでいくら自分が腹を立てたところでしようがないし、そういう姿を孝弘には見せたくなかった。

「勇気出して来てくれて、ありがとう」

孝弘の頭にぽんと手をのせる。

涙で睫毛《まつげ》が濡《ぬ》れているのがわかったが、気づかないふりをした。

「俺が言うのもなんだけど、仕事に関してはあのひと頑張り屋だから」

この程度のことしか言えない自分が厭になる。結局、笑ってはぐらかす父親や母親と同じ——いや、それ以下だ。

端《はな》から部外者である自分は、火の粉がかからないところから腹を立てたり、孝弘を案じたりしているにすぎない。

「憶えてて。俺は、いつだって孝弘の味方だ。俺にしてほしいことがあったら、遠慮なんかしないでなんでも言っていい。兄弟なんだからさ」

励ましたい一心でそう言うと、ようやく孝弘が笑みを見せた。そのことにほっとして、頭にのせた手を肩にやり、ぎゅっと力を入れる。

「喉渇《のどかわ》かないか？　ジュース飲むだろ？」

孝弘の身体《からだ》から力が抜けるのを確認して、村方にオレンジジュースを頼む。

「あ。ジェラートも食べるか？　それとも他の——」

食後のデザートを勧めていると、それまで気を遣って離れていた津守が背後でくすりと笑った。

「なに？」

おかげで重かった空気が多少やわらぎ、和孝もつとめて自然に津守を振り返る。

「なんでもない」

首を横に振ったあとで、津守がふと目を細めた。

「それにしてもさすが兄弟。やっぱり似てるな」

そう言って。

意外な一言に面食らってしまう。これまで、そんなふうに考えたことがなかったのだ。

さりげなく孝弘の顔立ちや仕種《しぐさ》、表情を窺うことはある。でもそれは、自身との共通点を探したわけではなかった。もしかしたら父親の面影を無意識のうちに重ねたかもしれないが、まさか自分と似ているなんて――。

どうやら孝弘も驚いたようで、頬がほんのり染まった。

「え……僕、お兄さんみたいに格好よくないです。お兄さんも僕もお母さん似だって言われたし」

父親が言ったのか、義母なのかは知らないが、そんな話をしたという事実が信じられなかった。てっきり不肖の兄の話題は、家ではタブーなのかと思っていた。

「ぜんぜんちがいます」

孝弘が目を伏せる。残念そうに見えるのは、けっして自惚《うぬぼ》れではないだろう。現に自分も似ていると言われて嬉しいし、少し気恥ずかしさもある。

「孝弘」

そして、いま肩を落としている孝弘のことが可愛《かわい》くてたまらなかった。

共通しているのは目の色くらいで、孝弘の黒い髪、くっきりとした二重の大きな目と小ぶりな唇は、子どもだからというのを差し引いても確かに自分とはちがう。母親似というのはその通りだと、孝弘を見て自分も思った。

だが、容姿はそれほど重要ではない。雰囲気とか空気とか、あるいは考え方とか、たぶんいくらでも共通点はあるはずだ。

「似てますよ〜。僕、孝弘くんを見てると、オーナーの小さい頃ってこんなんだったんだろうなって、ほほ笑ましくなりますもん」

村方がにこにこしながら、オレンジジュースをテーブルに置いた。

「横顔なんかそっくり。きっと孝弘くんも、きゃーきゃー言われるようになりますね」

村方の言葉を受けて、津守が真顔《よあ》でため息をついた。

「まあ、目立ちすぎるのも良し悪しだが」

これについて異論はない。飲食業は大衆の耳目《じもく》を集めるためにチラシ配りなどの宣伝をするが、目立てばいいというものではない。週刊誌に記事が掲載された際に、厭というほど身に染みた。

一度情報がばらまかれてしまえば、たとえそれが誤りであろうとなかったことにはできない。その後、女性誌にインタビュー記事が載ったけれど、購買層が異なるため、少なくとも男性はいまだ以前の週刊誌の記事を鵜呑みにしているひとのほうが多いだろう。ネット記事となると、なおさらだ。

新規の客が増えた一方で、面倒な店には近寄りたくないと離れていった客も少なからずいるのはどうしようもないことだった。

——イケメン揃《ぞろ》いのレストランって話題になったから、よけいに風当たりが強いのかもしれませんね。

いつだったか村方がぼそりと呟いた言葉は、一面では正しい。それゆえの、良し悪しなのだ。

「これからますます似てくるだろうな」

津守がそう続けると、あ、と村方がカウンターの上にあった孝弘の手を指差した。

「見て。爪《つめ》の形がそっくり。血ってやっぱりすごいなあ」

そう言われて、和孝は孝弘の手の横に自分の手を並べる。と、津守と村方も倣《なら》い、四人で見比べてみた。

「こうやって見ると、爪の形ってちがうもんなんだな」

村方はほぼ円形、津守は切り方もあって角ばった形をしている。そして、自分と孝弘はふたりに比べると細長い。

それは指の形にも表れていて、孝弘の手はまさに見慣れたものだった。

「本当だ……！」

孝弘が照れくさそうな笑みを浮かべる。その笑顔に嬉しくなり、ついでに手相比べまでしたのだが、ここでもはっきりと三通りに分かれた。

でも、そうだ。

兄弟なのだから、似ているところがあるのは当たり前だろう。歳が離れていようと、別々に暮らしていようとそれは変わらない。

だとすれば、母親似だと言われる自分にも父親に似た部分はあるということか。

——そういう血筋だ。

あれは、調理師免許を取得すると、軽い気持ちで打ち明けたときだった。少しも驚かなかった久遠にどうしてなのか聞いたとき、いともあっさりとそう返ってきたのだ。

久遠に言われるまで気づかなかったことを含め、なんだよ、と複雑な気持ちになった。

そしてその後はすぐ、あきらめの境地に至った。

けっして父親を手本にしたわけでも、後を追ったわけでもない。冴島《さえじま》に料理の基礎を叩《たた》き込《こ》まれたので、せっかくだからと単なる思いつきだった。

それすら血筋だというならもうしようがないと、開き直るしかなかった。

同じ血が、孝弘にも流れている。孝弘が今後どんな道に進むのかわからないけれど、兄として近くで見守っていけたらいいと心から願っている。

「わ」

しきりに手のひらを見比べていた孝弘が、しまったという表情で持参した鞄《かばん》から携帯電話を取り出す。どうやら義母から電話がかかったらしい。

出るよう促すと、遠慮がちに耳へ持っていった孝弘の返答から察するに、どうやら行き先を告げずに出てきたらしい。

「わかってる。もうすぐ帰るから……大丈夫」

義母の心配はもっともなので迷ったすえ——もちろん相当な覚悟が必要なことだが——孝弘に手を差し出した。

「え……」

孝弘の顔に戸惑いが浮かぶ。こんな顔をさせているのが自分のせいだとわかっているだけに、よけいに苦い気持ちになった。

躊躇《ためら》いながら差し出された携帯を受け取った和孝は、意を決して口を開く。

「ご無沙汰《ぶさた》しています。和孝です。いま孝弘くんと一緒にいるんですが、もう少ししたら送っていくのでどうか心配しないでください」

捲《まく》し立《た》てるように一呼吸でそう言うと、先方の反応を待つ。

息を呑《の》む気配がはっきり感じられ、そりゃそうだよな、と心中でこぼした。突然、縁切りしている義理の息子が電話口に出たら、誰でも驚愕《きょうがく》するにちがいない。

『……和孝くん。あの……』

なにか言いたげに義母は声を上擦らせたが、思い止《とど》まったようだ。

和孝にしても問うつもりはないので、そのまま受け流す。

『和孝くんと一緒なら安心なので……お願いします』

結局、返ってきたのはそれだけで、ほっとしつつ「失礼します」というおざなりな挨拶で電話を切った。

「お母さん、もう少しいてもいいって。明日学校が休みなら、泊まっていってもいいんだけどな」

「ほんとですか」

孝弘が目を輝かせる。もとより孝弘ならいつでも歓迎するが、今日に限っていえばよけいな一言だった。

「今度な」

学校を休むと言い出しかねないため、先回りする。しょっちゅう休んでいた身で忠告する資格はないとはいえ、兄としてサボりを見逃すわけにはいかないだろう。

「じゃあ、今度」

残念そうに唇を尖《とが》らせる様に、やっぱり一日くらい休んでもいいか、などと折れそうになり、やっぱり駄目な兄貴だと苦笑いした。

その後、二組ほどの客を迎え、帰っていった時点で早じまいをする。その間、孝弘はカウンター席で予習をしていたが、集中力には目を瞠《みは》るものがあり、こういう熱心な部分は自分に似なくてよかったとつくづく思った。

津守と村方の厚意に甘えて後片づけを任せると、いったん車のある自宅マンションへと孝弘とともに歩いて戻る。

「寒くないか？」

「ぜんぜん。なんだか、ぽかぽかしてます」

孝弘はスキップでもしそうな勢いだ。一度自宅に帰ると言ったときから、そわそわし始めていた。

部屋に寄るつもりはなかったが、期待いっぱいの表情をされてはそうもいかない。変なもの残してないよな、なんて真っ先に考えてしまったのは、この際仕方がないにしても――。

「言っとくけど、狭いし、なにもない部屋だからな」

あらかじめ断っておく。

もし洒落《しゃれ》た部屋を想像していたら失望するのではないかと危惧《きぐ》したからだ。

「あ。車も普通にエコカーだから」

ＢＭで働いていた頃はそれなりにグレードの高い車に乗っていたものの、店を始めると同時に利便性を優先して小回りの利くエコカーに替えた。こちらも先手を打った和孝だが、不思議そうな目で見つめられて自身の勘違い、思い込みだったと気づく。もしくは、見栄《みえ》と言い換えたほうが正確かもしれない。

「格好わりい」

ぼそりと呟いた和孝は、前方のマンションを示した。

「あそこのマンションの八階」

「八階。わあ」

ほどなくして到着し、オートロックの玄関扉を通ってエレベーターに乗り込む。八階で降りると右に折れ、三つ先のドアの前で足を止めた。

「ここ。八〇三」

開錠し、ドアを開ける。

「どうぞ」

先に促したところ、孝弘は緊張した面持ちで靴を脱ぎ、「お邪魔します」と中へ入る。短い廊下を数歩進んだ先は、十五畳ほどのリビングダイニングで、そこにあるのはローテーブルと床置きしたテレビのみだ。引っ越しを機に家具や私物を処分したため、この部屋にあるのは必要最低限のものになる。

半面、キッチン用具は多く、ビルトインのキャビネットでは到底足りず、別にもうひとつ棚を購入した。現在も増えていく一方だ。

「1LDKだから、すぐ隣が寝室」

扉一枚で隔ててある隣室を指差した和孝だが、孝弘が好奇心いっぱいの表情できょろきょろと見回すので、その扉を開けて寝室をオープンにした。

寝室に変なものはないと、ちゃんと頭の中で確認したからこそできることだ。もともとこの部屋にほとんど久遠は来ないとはいえ、コンドームやローションが抽斗《ひきだし》の中に常備してある。

それらを目にするには、十歳はまだ早すぎるだろう。

「全部お兄さんの部屋ですよね」

羨望《せんぼう》のまなざしを向けられ、満更悪い気はしない。独身の男としては一般的な部屋でも、小学生から見ればずいぶんと大人に感じられるようだ。

「すごい。格好いい」

背の高いルームライトの前で、また孝弘はわあと声を上げる。寝室も簡素なものだが、そのおかげで広々している。

「わ。高い」

今度は窓辺に寄り、外を見てはしゃぐ。八階くらいと言おうとして、そういえば孝弘が住んでいるのは、自分も生まれ育った家だったと気づいた。

三階建てで、一階にガレージがあり、二階の玄関には外階段で上がる。当時もいまも立派な家だと思うが、懐かしむ気になれない時点であの家は自分の居場所ではなかったのだろう。

「本当はゆっくりしてもらいたいけど、お母さんが心配してるからもう出ようか」

すでに時刻は二十一時になろうとしている。明日は学校があるため、小学四年生の帰宅には遅すぎる時刻だ。

それをわかっているのか素直に孝弘は頷き、車のキーを手にして玄関へ向かう自分についてきた。

外へ出ると、運転席と助手席に分かれて乗り込み、すぐに車を発進させる。

そういえば、初めて会った日も唐突に家を出てきた孝弘を車で送っていったことを思い出す。あのとき孝弘は七歳で、半分だけ血の繋《つな》がった歳の離れた弟にどう接するべきかと迷いがあった。

「お父さんはさ」

店での話の続きを、自分から持ち出す。

「たぶんいろいろ考えてると思う。だから、お父さんが大丈夫だって言ううちは、孝弘はなんにも気にせず学校に通って、塾へも行ったらいいよ」

「……お母さんが不安そうでも？」

「まあ、お母さんっていうのはだいたい心配性だから」

和孝の軽口に、ふふと孝弘が笑う。

「はい」

孝弘は素直だ。捻《ひね》くれた考え方をしない、性根のまっすぐさに救われる。

自分はこうではなかった。小学生の頃は父親の目を引きたくていちいち反抗していたし、中学に上がったあとは、同じ屋根の下に住んでいても避け続け、うっかり出くわしてしまったときも視線すら合わせないようにしていた。

父親からは特になにもなかった。

基本的に寡黙なひとで、褒められたとか叱《しか》られたとかいう記憶はない。もしかしたら父親は父親なりに、不自由のない生活をさせるのが自分の務めだと考えていたのかもしれないが、単なる自己満足じゃないかと当時は身勝手さを嫌悪していた。

父親にしても、家族縁が薄かったのだろう。実際、父方の祖父母とはつき合いが一切なく、父親の口から自身の子ども時代の話が出たことはなかった。

昔、一度だけ父親の従兄弟《いとこ》だと名乗る男が訪ねてきた際もけんもほろろに応じ、追い返す様子を目にしたことがある。

そのときは薄情な父親らしいと思ったが、親族とはそういう関係性だったのだと大人になって理解した。

つらつらと、とりとめのないことを考える。

無意味だと思うのに、昔の出来事が脳裏に浮かんでは消えていく。

夜の街を走りながら、和孝は過去の記憶のなかを彷徨《さまよ》っていた。

「もう着いちゃった」

現実に戻したのは、助手席から聞こえた残念そうな声だ。

「……そうだな」

家も親も切り捨てたと言いながら、実家近くの街の景色は明瞭《めいりょう》に憶えている。右手にあるカフェ、その隣には海外雑貨を扱っているショップ。そして、元居酒屋だったコンビニ。

信号を渡り、右に折れるとすぐに店の看板が見えてくる。明かりが消えているのは、父親の入院によって臨時休業しているからなのか、それ以前から経営が危うくなって休みがちになっているのか。

横道を入り、裏手に回ってすぐの突き当たりが目的地だ。

こちらには明かりがついていて、いま頃は義母がやきもきしているだろうと窺える。

「着いたよ」

車を停《と》めると、助手席の孝弘に顔を向ける。家から目をそらしたいらしいと自己分析したところでどうすることもできない。

「あの……」

もじもじとニットの裾《すそ》を引っ張っていた孝弘だが、なにも言わずに車を降りる。なんだろうと思っていると、真剣な面持ちで切り出されたのは――。

「またお店に行ってもいいですか」

――また会える？

最初に会った日。やはり車で送った自分に向かって孝弘は不安そうに聞いてきた。あれから二、三年たったというのに、まだこんな台詞を言わせてしまっている。

「今度は泊まりの用意をしてくるといいよ」

途端に嬉しそうな表情になった孝弘は、

「はい……うん！」

元気よく答えてドアを閉めると、家へ向かって駆けていった。その背を見送るという理由で家のほうへ顔を向ける。

街灯に浮かび上がった家も、当時のままだった。

瞬時に家の中の様子が瞼《まぶた》に浮かんできて、ちっと舌打ちをした和孝は、孝弘が家の中へ入ったのを確認するとアクセルを踏む。

おそらく今後もこうして送っていく機会は幾度もあるだろうと思うと気が重くなり、いつまでもこだわっている自分には情けなさしかなかった。

来た道をまっすぐ戻り、ちょうど駐車場に着いたタイミングでジャケットのポケットに振動を感じた。

携帯を取り出してみると、久遠からだった。

一瞬出るのを躊躇ったのは、平静とは言い難《がた》いからだ。というより、しつこくこだわっている己の小ささを思い知った直後に普段どおり久遠に応じられるかどうか自信がなかった。

「タイミング悪い」

開口一番そう愚痴をこぼした和孝に、

『切ったほうがいいか?』

冷静な一言が返ってくる。

なにがあったのか聞いてこないところが憎らしい。その気があれば、黙っていても自分から話し始めるだろうと以前言われたが、たとえそのとおりだとしても、たまには強引に聞き出してほしいときだってある。

と、素直に言えないあたりが意地っ張りのつらさだ。

「切らなくていい。ちょっと自己嫌悪に陥ってるだけだから」

『そうか』

慰めの言葉すらない。それでも愚痴の相手にいつも久遠を選んでしまうのは、和孝にしても慰めや励ましを望んでいないからだ。

ただ聞いてくれるだけでよかった。胸の内を吐露できたら、明日からまた普段どおりになれる。

「父親の事業がうまくいってないんだってさ。いきなりなにやってるんだよって感じ。あー、いや、いきなりじゃないか。レストラン四軒。バー一軒。どう考えても分不相応だって」

久遠の返答は予期していないものだった。

『レストランは、いま二軒だな。一昨年と去年に一軒ずつ手放している。経営不振というより方針の転換だと聞いているが』

びっくりした、どころの話ではない。なぜ久遠が、息子ですら知らない父親の事業を把握しているのか。

「なんで」

これには、

『ちょっとした興味だ』

と返ってくる。

「ちょっとした興味って――」

もとより興味の根幹にあるのは自分だとわかっている。が、やはり驚かずにはいられない。

それと同時に、これほど気にかけてくれていたのかと久遠の情を感じて胸が熱くなった。

「その興味って、純粋に父親の店に？　それとも俺のほう？」

あえて問うと、簡潔な答えが返ってきた。

『俺のほう』だな』

「……へえ」

いままで確かに落ち込んでいたはずなのに、現金にもたったこれだけの言葉で浮上してしまう。

「そっか。久遠さんって物好きだったっけ」

頑固な男に、傾きかけた店。どちらも優良物件とは言いがたい。などと考える余裕ができた自分がなんだかおかしくなり、肩の力が抜けた。

「久遠さん、いま時間ある？　話していい？　十分で終わらせるけど」

一応断り、了承を得てから口火を切った。

「寝耳に水っていうかさあ。さっき孝弘が店に来たんだけど、学校とか塾のことまで気にかけてるんだよ。小学四年生の子がだよ？　息子を不安にさせるなって話だよな」

相槌《あいづち》すら返らないのは気が楽だ。

半面、ちゃんと聞いてくれているのは伝わってくる。そういう意味でも、一方的に愚痴をこぼす相手として久遠は最適だった。

「あげく胃潰瘍で入院とか、信じられる？　そこまでひどくなる前にちゃんと自己管理しとくべきだろ。どうせぎりぎりまで堪《こら》えたんだろうけど、周りは迷惑だから」

この際だからうっ憤を晴らそうと、腹に溜《た》まっていることをすべて吐き出す。他人の文句をだらだらと聞かなければならない久遠にしてみればとんだ災難だろうが、ここは我慢してもらうしかなかった。

「そもそもバーってところから間違ってる。なんでバー？　おとなしく洋食屋をやってたらこんなことにはならなかったんだよ」

バーを始めたという話は、二年ほど前、風の便りで耳にした。店名が店名だったこともあって、そのときも無闇《むやみ》に手を広げるとろくなことにはならないと思ったが――案の定だ。

親指を口許《くちもと》にやり、歯を立てる。

黙り込んだ和孝に、久遠が静かな声を聞かせた。

『気になるか？』

「それは……」

答えあぐね、唇を引き結ぶ。

望まない再会をしたとき、こんな茶番は一度で十分だと思った。孝弘と交友を持ったからといってなし崩しにする気はない。縁を切っている以上、これまでと同じだ、と。

だが、いまの自分は孝弘から聞いた話で頭がいっぱいだ。関係ないのなら、他人事《ひとごと》だからと知らん顔をしていればいいのに。

もちろん孝弘のことが心配だからというのが大きい。

そして――自分が同じ業界に踏み込んで、ひとつだけ実感したことがある。生半可な覚悟では自分の店なんて続けていけない。働いているときのみならず、家に帰ったあともやるべきことは山ほどある。

休みであっても、店のことを考えずにいられる日は皆無だ。

きっと父親もそうだろう、と自分が同じ立場になって理解できるようになった。複数の店舗を持つほどになったという意味では、父親は努力が報われたと言って間違いない。

だからこそ、腹も立つ。

事前になにか手を打てなかったのか。もっと早く店を手放していたなら、身体を壊すまでにはならなかったのではないか。

そもそも欲を出さずにこぢんまりとやっていればよかったのだ。父親は料理人であって経営者ではないのだから、この結果は目に見えていたはずだ。

「愚痴を聞いてくれてありがとう。もう寝るよ」

結局質問には答えずじまいで電話を終える。時刻を確認すると話していたのはちょうど十分ほどで、自分たちにとってはめずらしいほどの長電話になった。

車を降りた和孝は部屋に戻るとソファに腰かけ、携帯で父親の店を検索する。調べれば調べるほど、さらに苛々は募っていった。

最盛期には、リーズナブルなファミリー向けの店から高級店まで五店舗所有していた。グルメサイトの評判もまずまずで、これだけ見れば経営が悪化した理由に考え至らない。その後縮小したのも、久遠が言っていたとおり経営方針の転換によるものだと窺える。

しかし、さらにチェックしているうちに風向きが変わってきた。ある時点を境に、雲行きがあやしくなっていることに気づく。

「……値段の高さに見合わない？　高すぎる……こんなに高いとは思わなかった……って、なんだよこれ」

軒並み「高い」とあるのは、バーの口コミだ。よく読んでみると、そこからはレストランの値上がりについても記されている。バーの赤字を埋めようとしたにしても愚行だと言わざるを得ない。

「なんだよ、ハイボールが二千八百円って」

いいウイスキーを使っているのだとしても、安価なものもメニューに入れるべきだ。けれど二千八百円が最低で、もっとも高いものだと五千円になる。

カクテルは言わずもがなだ。

高すぎると不満が出るのは当たり前のことで、これだとふたりで軽く飲んで、つまみを頼むとゆうに二万はかかる。

「BMじゃないんだから」

BMでは一杯五千円から二万円を超えるウイスキーを出していたので比較にならないが、会員制クラブは別物だ。BMは富裕層対象のクラブで、会員になることがステイタスだった。会員は、BMというブランドに金を落としていたのだ。

対して父親のバーは、提供するものと値段が見合っていない。客から不満が出ると、子どもでもわかるだろう。

久遠の話だと現在レストランは二店舗らしいが、手放すならまずはバーだ。順序がちがう。料理人としてそこそこ成功した父親が、経営者に不向きだというのはこれだけでもわかる。

元来、他人に任せるのが苦手で、朝から晩まで働いていたようなひとだ。母親の体調が思わしくないときですら仕事を優先して、あげく死に目にも間に合わなかったような男が、真っ先に己の資質くらい見極められなかったのか。

「なんだ……？」

店のSNSに、気になるコメントを見つける。

——顧問弁護士を角田《かくた》先生から、榊洋志郎《さかきようじろう》先生に替えられましたよね。どうしてですか？　榊先生が刑事事件を多く取り扱っておられることと関係があるんですか？

書き込んだ人物は内情に詳しいようだ。暗に、違法行為をしているのではないかと指摘しているのだろう。

これについて言及したコメントは他に見当たらないが、こうなると再建できる可能性自体、期待薄だと言わざるを得ない。

「……信じられねえ」

検索をやめ、携帯を放り出す。風呂《ふろ》に入ってさっさと寝てしまおうと思うのに、なかなか腰が上がらず、頭も切り替えられない。無意識のうちに貧乏揺すりをしていた自分に気づき、眉根《まゆね》が寄った。

俺は関係ない。うんざりするほどくり返してきた言葉を、いままた心中で吐き捨てても同じだ。

くそっと毒づいた和孝は、榊洋志郎弁護士事務所のHPを探し当て、メールフォームから連絡を入れた。柚木孝道《ゆぎたかみち》の息子であること、父親の店の件で一度会って話をしたい旨を書いて、迷ったすえに送信する。

榊は、掲載されている写真を信じるなら、若く見映えのいい男だ。略歴の生年月日から計算すると、年齢は久遠よりひとつ上の三十六歳。

どうやらやり手らしく、記載されている刑事事件のいくつかは和孝自身も記憶にあるものだった。

榊洋志郎弁護士事務所のスタッフは、ボス弁である榊以外にもうひとり弁護士とパラリーガルが一名で、順調に業績を伸ばしているようだ。

はあ、と詰めていた息を吐き出したとき、携帯がメールの受信を告げた。まさかと思って確認してみると、そのまさかで、早くも榊本人からの返信だった。

「早……」

都合をつけるから近々お会いしましょうという内容を見て、反応の早さに驚くと同時に不安にも駆られる。

多忙なはずの弁護士が即座に返事をくれるほど、いま父親は切羽詰まった状況にあるのか、と。

いや、よけいな邪推をしてもしようがない。感情を脇《わき》に置いて、榊とのメールのやりとりを続ける。

『遅くにすみません。ありがとうございます。榊先生のお時間のあるときにお伺いしたい

YOJIRO SAKAKI

です』

そう返したところ、またしても数秒で返信がある。

『柚木さんの都合のいい日時をいくつか挙げてもらえたら、僕が身体を空けますよ』『申し訳ないです。でも、お言葉に甘えても大丈夫でしょうか』『勿論です』

榊は熱心な弁護士のようで、その点でほっとする。一度父親の店に顔を出してから伺いますという文面に添えて、三つほど日時を記して送った。

『明日にでもスケジュールを確認して連絡します』という榊のメールに礼を返した和孝は、ようやく重い腰を上げてシャワーを浴びる。

そのあとはいつもどおりレシピノートを広げたものの、目で文字をなぞるばかりでまるで頭には入らなかった。

早々にあきらめてベッドに入ったあとも同じだ。しばらく眠れず、幾度となく寝返りを打って長い時間をやり過ごすしかなかった。

3

「そこ、退《ど》いて」

ぶっきらぼうに言い放ったのは――まだ面差しに少年らしさを残した青年だ。生意気盛りの高校二年生だが、大人相手に臆《おく》さず睨《にら》みつけてくるその顔立ちは恐ろしく整っていて、誰しもが目を瞠《みは》るほどだった。

平日にもかかわらず上下スエットを身に着けているのは、学校をサボったからにほかならない。優等生とは言いがたい不安定な陰の部分も、彼の魅力に色を添えている。

「あー、悪い」

一方、避けるどころか立《た》ち塞《ふさ》がったのは、いかにもたちの悪そうな男だ。

この男のみならず一目で堅気ではないと知れる者たちが彼の家に出入りするようになって、すでに数ヵ月。最初の一週間こそ客を装っていた男たちはそれ以降我が物顔でずかずかとやってきて、長時間居座るようになった。

なぜか、などと問うまでもない。

彼の父親がわけありの女性と再婚したせいだ。

――今日からこのひとが、おまえの面倒を見てくれる。

リビングでか、それとも別の部屋でか、父親が真顔でそう告げたとき、果たして彼の心情はいかなるものだったか。他人に推し量ることはできない。繊細な彼が深く傷ついたであろうことは確かだ。

その証拠に、彼はほとんどの時間を自室にこもって過ごしている。柄の悪い男たちと顔を合わせたくないからだとしても、多分に父親や義母に対する反感もあるだろう。

あの日。自室へ向かう途中に声をかけたのは、義母が出入りを許した柄の悪い者たちのなかでも、一際軽薄な風貌《ふうぼう》の男だった。

金髪の長い髪に、ゴールドのピアス。ワイシャツの胸元は大きく開かれている。品はないが、どうやら本人は外見に自信があるようで、直前にも胸ポケットに忍ばせたミラーで髪をチェックしたばかりだ。

「今日平日だろ？　学校はサボりか？」

男は親しげに肩をすくめる。反抗期の高校生なら、ワルには気を許すはずと高をくくっているのが態度から見てとれる。

「和孝《かずたか》くんだっけ？」

そればかりではなく、意味ありげな視線にはあわよくばという下心が透けていた。

彼は一瞥《いちべつ》しただけで、無視して立ち去ろうとする。が、男はしつこく追いかけ、勝手にあれこれ話しだす。

「K高校の二年生だって？　頭いいのに、もったいねえな。まあ、そういう年頃だとしても、勉強できて美人なんてモテて困ってるんじゃねえの？」

下衆《げす》なうえにうるさい男だ。ガムを嚙《か》みながら無遠慮に他人の家を歩き回り、平然とくだらない話をしてくるような奴《やつ》をどうして彼が相手にする義理があるだろう。

「いや～。それにしてもマジで綺麗《きれい》な顔してんなあ。最初見たとき、思わず二度見したんだよな、俺。あ、そうだ。俺、いい店知ってんだけど、今夜連れてってやろうか？　うるさくねえから、酒も飲めるぜ？」

当然、彼は無視して自室のドアを開ける。中へ入ろうとすると、

「なんとか言えよ」

男が腕を摑《つか》んだ。

「放せっ」

即座に振り払おうとした彼に、男は無理やり腰に腕を回した。

「はは。細っ」

荒い息とともに腰を撫《な》で回《まわ》されて、彼の表情が一変する。嫌悪感もあらわに振り払うが、愚かにも男はなおも腰を引き寄せようとしたばかりか、あろうことか耳元に顔を近づけた。

「なあ。気持ちいいこと、教えてやろうか」

男の言動に吐き気がこみ上げ、ぐっと喉《のど》が鳴る。汚い手を、いますぐへし折ってやろうか。

「興味あるだろ？」

そうすべきだ。もはや一秒だって耐えられない。一歩足を踏み出した。

「放せって、言ってんだろっ！」

が、そうするまでもなく彼が男の股間《こかん》を膝《ひざ》で蹴《け》り上げた。

「ぐぁ……っ」

男はもんどりを打って倒れ込む。

もがく男を上から見下ろし、ざまあみろと小さく吐き捨てる彼の勝ち誇った表情はなんて魅力的なのだろう。

「てめえ……っ、こんな真似《まね》、して……ただですむと、思うなっ」

男は、脂汗を流しながら性懲りもなく下衆な言葉で脅しにかかる。

しかし、すでに結果は見えていた。

「黙れ」

彼が、心底不快感を込めて吐き捨てる。端整な顔立ちだけに、冷ややかな目をすると、ぞっとするほどの迫力すら感じられた。

「二度と俺に構うな。今度声をかけてきたら、蹴るだけじゃなくて未成年に手を出したっつって警察に駆け込むぞ。あんたと俺、どっちの証言をみんなが信じるか、試してみたいっていうならやってみろ」

転がっている男には十分すぎる脅しになる。証拠なんて不要だ。それらしく振る舞えば、やくざ者と普通の高校生のどちらの言い分が通るか、火を見るより明らかだった。

さすがにまずいと思ったのか、男は苦々しい顔でなんとか立ち上がり、苦しそうに肩で呼吸しつつ去っていった。

「いい気になってんなよ、ガキ」

陳腐な捨て台詞《すぜりふ》を残して。

「てめえらこそ、いいかげんにしろよ」

ぼそりと呟《つぶや》いて、悔しそうに歯嚙《はが》みする彼の顔もまた魅力的で、そこにはすでに少年くささなど微塵《みじん》もない。

あるのは、近寄りがたいほど美しい青年の姿だった。

＊

ああ、これは夢だな。

昔の夢を見るのは久しぶりだ。

いまさらなぜ昔の夢を見るのか。うんざりしつつも夢には抗《あらが》えず、十七歳に戻るしかない。捨てたはずの過去は、夢の中では昨日の出来事のように鮮明で、否応《いやおう》なく自虐的な気分にさせられるのだ。

義母が家に入ってきた途端に、柄の悪い奴らが我が物顔で出入りし始めた。やくざなんか嫌いだ。そいつらを家に平然と招き入れる義母には、反吐《へど》が出る。腹の中で悪態をつきつつ、自分は無視するのが精一杯だった。

父親も父親だ。浮気されていようと自業自得だが、おかしな奴らが家に出入りしていることは家政婦から耳にしているはずなのに、知らん顔を決め込んでいる。

「家も店も乗っ取られればいいんだよ」

そうすればさすがに父親も悔やむだろう。もっともそのときには手遅れだ。

十七歳の自分は、ベッドにごろりと横になると読みかけのコミック誌を開いた。しかし、怒りはいっこうにおさまらず内容がまるで頭に入ってこない。結局、コミック誌を床に放《ほう》る。

直後、部屋のドアがノックされた。

誰だ？　家政婦か。不承不承ベッドから起き上がると、勢いよくドアを開けた。

「あ……」

そこにいたのは、義母だった。面食らった和孝は、寝たふりでもしてればよかったと心中で舌打ちをする。

いったいなんの用か知らないが、義母と話すことなんてひとつもない。

「乱暴に開けるから、びっくりしたわ」

義母は染毛した明るい髪を掻《か》き上《あ》げると、赤い唇を動かし始めた。

「今日も学校を休んだのね。いえ、責めるつもりはないの。学校に行きたくない気持ちは私にもわかるわ。思春期ってそういうものよね。男の子は特にそうなんでしょ？　それで、この前話した留学の件だけど、考えてくれた？　そうそう、明後日《あさって》説明会があるみたいだから、参加してね」

よく動くなと口許《くちもと》ばかり見ていたせいで、話の半分も聞いていなかったけれど、「留学」という単語だけは耳に入る。

そういえばそうだった。体《てい》よく追い出すためのもっともらしい名目として、留学を持ちかけてきたのだ。

「面倒くせえ」

小さく吐き捨てる。

どうせ他人の話に耳を貸すような人間ではないが、やはりこちらの悪態には気づきもせず義母は自分の言いたいことを言うと去っていった。

「マジで面倒くさいんだけど」

ひとりになって、はっきり声にする。義母にどう言い包《くる》められたのか、父親から留学するよう言われたのは、二日ほど前だった。

まるでおまえのためだというような口調だったが、理由ははっきりしている。義母が妊娠したせいで、反抗的な息子が邪魔になったのだ。

あまりにわかりやすくて嗤《わら》うしかない。

いや、こっちだって同じ家にいると思うだけで虫唾《むしず》が走るのだからお互い様だろう。

仕事にしか興味がない父親。やくざを連れ込む義母。厭《いや》で厭でたまらない場所に、なぜ自分は留まっているのか。いますぐにでも離れたいのに。

「だったら、出ていけばいいいんだ」

言葉にすると、すとんと胸のつかえが下りたような爽快《そうかい》感を覚えた。同時に、今日まで我慢して家に留まっていたこと自体が間違いだったと気づく。

善は急げだ。

財布と携帯を摑むと即座に実行に移した。生まれてから十七年いた家だが、未練なんかこれっぽっちもないのだから。

――和孝。

そのとき、なぜか自分を呼ぶ父親の声が聞こえたような気がして振り返る。どういうわけか途端に心がざわめき、重くなった足を動かすのに骨が折れた。

「……ふ」

二歩、三歩と歩いたとき、急に意識が明瞭《めいりょう》になり、和孝は瞼《まぶた》を持ち上げた。

やっと夢から抜け出せた。と思ったのもつかの間、今度は頭痛に襲われ、最悪の目覚めになった。

上体を起こすとひどいだるさも覚えたが、あのまま夢を見続けているよりはマシだ。

いまさら十年も前の夢を見てしまったのは単純な話で、父親の店がうまくいっていないと聞いて、平静さを欠いてしまっているせいだろう。

なにしろ、夢は事実とは異なる。時系列が前後しているのはもとより、家を出るとき父親の声なんて聞こえなかったし、自分に迷いはまったくなかった。

和孝は両手で頭を押さえ、ため息をこぼす。

こうも気持ちが揺らぐのは、やはり孝弘《たかひろ》の存在が大きい。孝弘が、切ったはずの糸を繋《つな》いだのだ。

一方で、自分のなかにある父親への憎しみが薄れているのは、孝弘のせいでも年月のせいでもない。

片面からしか物事を推し量れなかった昔とはちがい、他方からも見られるようになって初めて気づかされることもある。そうなると、いかに自分が子どもだったかを痛感させられ、同時に父親がどれほど仕事に魂を込めていたかを実感するようにもなった。

もちろん長年の怒りや嫌悪感は一朝一夕《いっちょういっせき》に消えるものではない。いまだ心にくすぶっているし、仕事人間だからというのを差し引いてもなお許せない記憶を完全に消し去ることは今後も無理だろう。

だとしたら、自分はどうすべきなのか。

大人として、同じ料理人としてどちらかの感情を捨てるべきなのか。それとも、どこかで折り合いをつければいいのか。いまだ答えを出せずにいる。

和孝はベッドを離れ、朝の支度に取りかかる。

ゆっくり考えている暇なんてなかった。どんなときであろうと店は開けなければならない。

シャワーを浴び、着替えをすませて軽い朝食をとってから、普段どおりの時刻に部屋をあとにした。

白い息を吐きつつ、店へと急ぐ。日の当たる場所はあたたかだが、日陰に入ると途端に空気がひやりとする。

会社員はちょうど出勤時刻、店は開店準備に忙しい頃。動き出した街を眺めつつ足早に歩いていくと、やがてそこにPaper Moon《ペーパームーン》が見えてくる。

扉を開錠し、いつものようにまずはメニューボードに記入するところから始める。本日のランチ、おすすめを書き終えた頃、津守《つもり》と村方《むらかた》がやってきた。

「おっはようございます！」

「おはようございます」

元気のいい声と安定感のある声のハーモニーを聞くのも日課だ。

「おはようございます。それ、イシガレイ？」

津守が肩にかけているクーラーボックスが目に留まり、問う。

「当たり。神経締めした新鮮なイシガレイだから、肝も使ってほしいそうだ」

「いいね！」

魚介の仕入れ先は決めているものの、いい魚が入ったと知り合いの漁師から連絡が入ることもあれば、今回のようにこちらから新鮮なイシガレイが欲しいとあらかじめ頼んでおくときもある。

他の食材も同じだ。ひととひととの繋がりで、Paper Moon は成り立っている。

「あ、そうだ。昨日は片づけも丸投げしてごめん」

昨夜の件についてふたりに謝る。

「ぜんぜんですよ～。それより、孝弘くんは大丈夫そうです？」

村方の問いに、ああ、と頷《うなず》く。

「我が弟ながら強い子だと思う」

和孝がそう返すと、村方はくしゃりと顔を歪《ゆが》めた。

「すみません。ちょっとだけ聞いてしまったんですけど……孝弘くんがけなげで、僕、泣いてしまいそうでした」

「いいって」

近くにいたのだから、耳に入るのは当然だ。客がいないときは、声をひそめることすらしなかった。孝弘がけなげというのも、そのとおりだろう。

「それで、オーナーはお見舞いに……」

「村方」

津守が割って入る。理由はわかっていた。

村方の言葉は、案じてくれるがゆえ。そして津守も同じだからこそ、なにも聞かないほうがいいというスタンスなのだ。

ふたりの気遣いを嬉《うれ》しく思いつつ、大丈夫、と和孝は答えた。いずれにしても、ふたりには父親の店に関して黙っているわけにはいかなかった。

「むしろ聞いてほしい。自分でも面倒な感じの話なんだけど」

一応、話しても平気かと断る。快諾してくれたのをいいことに、まだ判然としない心境のまま口にのぼらせていった。

「父親とはもう縁を切ったんだから生きようが死のうが俺には関係ない――って、たぶん少し前までの俺なら迷わず言ったと思う。でも、孝弘のことは可愛《かわい》いし、それに……個人的なことは水に流そうなんて気はまったくないんだけど、同じ業界に足を踏み入れて、父親の苦労がわかったっていうか、数店舗持つほどになるのがどれだけ大変か想像できるから、昔みたいに単純な話じゃなくなったっていうか」

まとまりのない話に、津守と村方は真剣に耳を傾けてくれる。

和孝自身、ふたりに話しているうちに少しずつ頭の中が整理されていくようだった。

「まあ、その店も傾けてちゃ意味ないし、俺ができることなんてないんだけど、このまま知らん顔をしててもいいのかって昨日から考えてるんだ。それで、とりあえず父親の顧問弁護士に連絡して今度会うことにした」

ようするにいまだ感情が邪魔をしているのだ。

料理人として考えたとき、父親のことは尊敬できる。自分では到底無理だろうと思えるような状況のなか、父親は長年働いてきたのだ。十七歳まで何不自由なく暮らしていけたのも、高校大学と学費で苦労せずにすんだのもまぎれもなく父親のおかげだ。

とはいえ、やはり数々の厭な記憶が脳裏にこびりついているのも事実で、それをどう消化したらいいのか――。

「……オーナー」

村方が、当事者よりよほど苦しそうな表情になる。

黙って聞いていた津守が、静かに口を開いた。

「家族の問題を他人が理解するのは難しい。結局、自分で決めるしかないからな。俺が柚《ゆ》木《ぎ》さんの立場だったらという仮定で話していいなら、線引きをする。ここまではやるけど、これ以上はやらないとまず決めて動く。実際は、そんなに簡単に決められないだろうが」

津守らしい答えだ。自分も津守のように割り切れたなら、こうはならなかった。

「親の窮地に親身になれないなんて、薄情だよな」

いまさらと承知で自嘲《じちょう》する。

「そうか？　俺なら、ちょっとでもやった時点で誇るな」

だが、津守がそう言い、

「オーナーはまったく薄情じゃありませんよ。薄情なら、そもそも悩みません！」

村方がぐっとこぶしを握って励ましてくれたので、いくぶん気が楽になった。

なんて心強い仲間だ。こんな男を肯定してくれるふたりの存在が大きな後押しになる。

「そっか。そういうふうに思えばいいのか」

楽観的でもポジティブな性格でもない自分が常に前向きになれるのは、間違いなく津守と村方ふたりのおかげだ。力強い励ましを受けて、ぐずぐずと迷っていたことにも踏ん切りがつく。

昨夜、顧問弁護士の榊《さかき》に一度父親の店を見に行くとメールしたが、今日、実行することにした。自分の目で見て判断するなら、早いほうがいい。

仕事帰りとなると夜遅くなるので、行くとすればバーだ。

バーについては、少なくとも父親より見識も経験もあると自負している。なにしろBM《ビーエム》仕込みだ。

ぼったくりと評判のバーをチェックしてやるか、くらいの気持ちで行こう。そう決めるといくぶん気持ちが晴れ、ありがとうとふたりに礼を言ったあとは通常どおり仕事をこなす。

そして、夜の部を終えて店じまいすると、よけいなことは考えないよう自分に言い聞かせながら、父親の経営するバーへタクシーで向かった。

場所は、恵比寿《えびす》駅東口改札を出て、徒歩十分。

これだけでも厳しい状況だと想像できる。周囲には飲食店がひしめいていて、雑誌で紹介されるような人気店も数多くあり、生き残るためには相応の特色が必要になる、いわば激戦区だ。

いい酒、料理は当然ながら、客は空間を買う。

値段に見合うならどんな高級バーであろうと成り立っていくが、そうでないから高いという悪評が出るのだろう。

「――月の雫《しずく》、か」

店名を口にすると、舌になんとも言えず苦さが残り、思わず眉根《まゆね》が寄る。月という名称には、どうしても過敏になってしまう。

自分の場合は、ＢＭを意識してPaper Moonとつけた。ＢＭへの敬意と惜しむ気持ち、そしてそこで働いていた自分たちの誇り、いろいろな思いを込めたものだ。

仮に父親がＢＭという会員制クラブの噂《うわさ》を耳にして安易に真似をしたのなら、傾くのは当然だ。分不相応と言うほかない。開店時期がちょうどＢＭがなくなってしばらくたった頃のため、可能性はゼロではないと疑心が芽生える。

路地に入り、やや勾配《こうばい》のある狭い道を歩きだしてまもなく、レトロな看板が見えてくる。淡い明かりに照らされた店名を目指して進み、オーク材の扉の前で和孝は足を止めた。

できるなら、いますぐ回れ右をして帰りたい。自分にとっては鬼門も同然、絶対に近寄らないと決めていた場所だ。

もっともチェックしていた時点で無視できていないのは明らかで、こういう面でも自身の中途半端な部分を思い知らされずにはいられなかった。

深呼吸をして、扉を開ける。

そこはテーブルと革張りのソファが置かれた、ゆったりとしたウェイティングスペースになっていて、スーツを身に着けたギャルソンが慇懃《いんぎん》に迎え入れてくれた。

「いらっしゃいませ。おひとりですか?」

ギャルソンに答え、案内を待つ。待っている客は他に誰もおらず、なんのための立派なウェイティングスペースだよ、と思わずかぶりを振ってしまう。

ドアマンさながらに扉を開けてくれたギャルソンに促され、店内へと足を進めた。

深紅の絨毯《じゅうたん》、黒基調のテーブルや椅子《いす》。あたたかみのあるオレンジ色の照明。クラシカルなムードのバーだ。

テーブル席は、ざっと見たところ十席。背凭《せもた》れが高く、隣席との間隔も広いため、客が落ち着ける場所となっている。

中央にあるカウンター席の向こう、バーテンダーの背後に並ぶウイスキーやバーボンなどのボトルは圧巻だ。これだけ揃《そろ》えているということは、カクテルの種類も多いのだろう。

個人的にこういう店は好みだが——。

カウンター席に案内された和孝は、スツールに腰かけてすぐにメニューを開いた。

思ったとおりカクテルの種類が豊富だ。

食事はできないが、フルーツやチョコレート、チーズなどもあり、ちょっといい雰囲気に浸って酒を飲むにはまずまずの場所だろう。

しかも、ネットに出ていた価格よりもずいぶんリーズナブルになっている。悪評に気づいて改めたのか。

それでもうまくいっていないのだから、すでに手遅れだったのだろうが。

「マティーニをお願いします」

マティーニが出てくるまでの数分、店内へそれとなく視線を巡らせる。客の入りは多く見積もっても三割ほどか。

平日の夜とはいえ、寂しい状況であるのは確かだ。一組、二組と帰っていっても入ってくる客はおらず、常にこれなら店として成り立っていかない。

「お待たせしました」

バーテンダーが目の前にマティーニを置く。大きめのグラスが使われ、銀のピンつきのフレッシュなオリーブが別添えの形で添えられている。

これだけ見れば、文句のつけようのない提供だ。

冷たいマティーニに口をつけると、すっと喉を通っていく。

「おいしい」

和孝の言葉に、三十歳前後だろうバーテンダーが笑みを浮かべる。客に喜んでもらえる嬉しさはよくわかり、和孝も自然に頬《ほお》が綻《ほころ》んだ。

一方で、自分だったらどうするかとつい意識がそちらに及ぶ。

つまみのメニューを増やすのは大前提として、なにかひとつでも「うちの店」ならではの特色を作るだろう。

たとえばＢＭの場合だと、歴史、そしてあららぎの間だ。改装された古い洋館にあって、あららぎの間は唯一手つかずの部屋で、当時のままというのが人気の理由だった。

Paper Moon の場合は、図らずもイケメン揃《ぞろ》いのレストランが売りになっているが、これについては現状なんの不満もない。料理や接客で人気店になろうという野望はあるものの、それにはまだ年月が必要だと、和孝自身が誰よりわかっている。

月の雫なら――。

バーテンダーと視線が合う。愛想のいい彼に応《こた》えながら、申し訳ないけど自分なら別のバーテンダーに替えるな、と考える。

長身で、立ち姿が美しく凜《りん》とした空気を纏《まと》っているバーテンダー。シェーカーを振る動きが洗練されていて、覚えず目を奪われてしまうような華が必要だ。

そういうバーテンダーを見つけるのは苦労するだろうが、せっかくこれだけの酒が揃っているのに生かさない手はない。

などと、とりとめのない思考を巡らせていたとき、ふいに近くの客の会話が耳に入ってくる。カップルなのか、ただの友人同士か知らないが、彼らは他人に聞かれてもいいと思っているのか声をひそめる気はなさそうだ。

「ここって、ばかみたいに高いって話じゃなかった？」

シャンパングラスを手にした女性の言葉に、まあな、と同伴の男が訳知り顔で答えた。どちらも二十代だろう。リーズナブルな値段になったと知って、誘ったのは男のほうらしい。

「ぼったくりで客が来なかったから、慌てて安くしたんだろ。ホストクラブかキャバクラかって値段だったからなあ」

辛辣《しんらつ》な言葉に、鼓動が跳ね上がる。彼の言葉を信じるなら、悪評が立ったから慌てて値段を下げたということか。

だとしたらこれ以上ない悪手だ。客にこんな台詞《せりふ》を言わせるなんてどういう経営をしてたんだよ、と父親に対する不信感も募った。

「すごい、それ。確かにお洒落《しゃれ》だけど、安くできるなら初めからしてればいいってことじゃない？」

ほら見ろ、と和孝は聞き耳を立てながら冷や汗をかく。女性の言葉こそ客の総意にほかならなかった。

くすくすと笑う女性に気をよくしたのか、男はさらに声高になる。

「高いだけじゃないみたいだぞ。ここの系列のレストラン、産直の食材っていうのが売りだったらしいんだけどさ。どうやらそれも嘘《うそ》だったたって話」

「えー、産地偽装ってこと？」

「そういうことだな」

これには、ショックで一瞬息が止まった。あまりのことに動悸《どうき》もし始める。

産地偽装は、値段がホストクラブ並みなんて話とはまったく別物だ。悪質であれば、犯罪性が高いと判断される。客離れは、値段よりもむしろこちらが原因と考えるべきだ。

すぐにでも男に詰め寄り、真偽を確認したい衝動に駆られるが、そうしていいかどうか思案してみるまでもなかった。

それに、事実かどうかは問題ではない。そういう噂が立った、それだけで店にとっては致命傷になる。

「ねえ、いまの話って、実際のところ本当なの?」

大胆にも女性がバーテンダーに水を向ける。

バーテンダーは、さあ、と小首を傾《かし》げた。

「どうなんですかね。系列って言ってもうちは他とはちがってバーなので、その手の話は入ってきませんね」

バーテンダーの返答は、二重丸にはほど遠い。むきになって否定しなかっただけマシだとしても、やんわりと、かつ迷いなく「あり得ない」ことを告げるべきだ。

女性は、なにかの折にバーテンダーの答えを自分の友人知人に話すかもしれない。そして、今度はその友人知人がまた自分の知り合いに同じ話をする可能性もある。

口コミとはそういうものだ。しかもこういう場合、いい評判より悪い評判のほうが広まるのは早い。ひとの口に戸が立てられないのは、昔もいまも同じだ。

「えー、いまの言い方って、まるで他人事《ひとごと》みたい。それとも事実だからごまかそうとしてる？」

やはり女性は危惧《きぐ》したとおりの言葉を口にする。

実際他人事なのか、バーテンダーはほほ笑むだけでこれについて言及しなかった。

もしいまの話が事実なら——考えるだけでもぞっとする。あの仕事人間の父親がそんな愚かな真似をするはずがない、と言い切るにはあまりになにも知らなすぎた。

少なくともこの十年間の父親のこととなると、お手上げだ。なにしろ二店舗手放したという事実ですら、久遠《くどう》から聞いたくらいなのだから。

目の前にマティーニのおかわりが置かれ、和孝はテーブルに落としていた視線を上げる。

「……頼んでませんが」

間違いではないのかとバーテンダーに問うたところ、彼は逆サイドに座っている三十代半ばだろう紳士へ視線を投げかけた。

「あちらの方からです」

「…………」

反応に困り、頬が引《ひ》き攣《つ》る。

いまどきこういう真似を素でやる人間がいるのかと、こちらのほうが妙に気恥ずかしさを覚えるが、おかげで後ろ向きになる一方だった思考にストップがかかる。

目礼だけ返した和孝は、チェックをすませると早々に席を立った。

初めから長居をする気はなく、どういう店か一度見ておくのが目的だったので一杯だけ飲んだら帰ろうと決めていたものの、気づけば三十分ほど居座ってしまっていた。

新たな情報を得たのはよかったのか悪かったのか。

紳士の視線を感じながらもバーをあとにするとそのまままっすぐ駅前まで歩き、タクシーで帰路についた。車内でも、自宅に着いてからもしばらくバーで聞いたことが頭から離れなかった。

二店舗手放してなお立ち行かないとなると、このまま続けていくのは難しい。

自分にしても経営に関しては素人だ。どうするのがベストか、改善策はまるで浮かんでこない。いっそ全店舗売り払って、また小さな洋食屋から始めればいい、そんなふうに思うのは当然のことだった。

シャワーを使ったあと、普段よりも二時間ほど遅くベッドに入る。明日も仕事があるため眠らなければと思うが、頭の中がぐるぐるしていっこうに睡魔は訪れない。

「宮原《みやはら》さんなら、なにか助言してくれるかも」

いっそ相談してみようか。

その気になったのは一瞬で、やはりやめておくべきだと思い留まる。忙しいひとだし、なにかと頼っていては、いつまでたっても半人前のままだ。

それに、父親の問題で宮原を煩わせたくなかった。

かといって、久遠は問題外だ。

親はまだしも、孝弘がいる。できるだけ危ういもの、危険な人間から遠ざけたいと思うのは兄として当たり前だし、だからこそ孝弘の前では今後も久遠の名前を出すつもりはなかった。

それにしても。

「……なんで最初に値段を高く設定したんだろ」

会員になること自体がステイタスとされていたＢＭとはわけがちがう。ＢＭには歴史があったし、ごく限られた一部の富裕層だけが知っているという特別感が会員たちを惹《ひ》きつけた。

通常のバーには当てはまらない。

月の雫は、一般客がふらりと立ち寄って飲むには値段的に厳しいし、時代に逆行している。かといって富裕層が常連客になるには、歴史も特別感もまるで足りなかった。

「まさか、ＢＭに憧《あこが》れて？」

ＢＭを作ろうとしたのか。

ふと浮かんだ考えを、すぐに打ち消す。

以前、時代の寵児《ちょうじ》とまで持《も》て囃《はや》された、ＩＴ会社の社長小笠原《おがさわら》はＢＭを欲しがり、取って代わろうとした。あの下劣な男が求めていたのはＢＭの名と、ＢＭを買収したという事実だけだったので、実現していれば似ても似つかないクラブになっていたはずだ。

だが、結局頓挫《とんざ》した。誰にとっても最悪の結末になった。

父親は小笠原ほど無謀だろうか。

ＢＭごっこをするほど？

いくら考えてもわからない。

うんざりして、寝返りを打つ。いくら頭を悩ませたところで解決できるわけではないと結論づける以外、いまの自分にできることはなかった。

いや、ひとつある。

もし孝弘の学費等の援助が必要なら、喜んでするつもりだ。父親がそれを受け入れるかどうか、問題はそれだけだった。

サイドボードの上の携帯に手を伸ばし、目を細めつつ時刻を確認する。

すでに二時半だ。早く寝なければと思えば思うほど目が冴《さ》え、あきらめて上体を起こし、部屋の明かりをつけた。

迷ったのは一瞬で、着信履歴から久遠に電話をかける。出なかったときはしようがない、出たときは運が悪かったとあきらめてもらおう。そう思っていると、呼び出し音が途切れた。

『明日も仕事なんだろう？』

久遠の声には、多少の呆《あき》れが含まれている。いろいろ考えて眠れなくなったと久遠にはわかっているのだ。

「そっちこそ、なんでまだ起きてるんだよ」

こちらから電話をしておいてあんまりな言い草だと思うが、仕事だというなら久遠も同じだった。また呼びつけられて横浜《よこはま》にでも行っていたのかと、三島《みしま》への不信感も大いにある。

『デスクワークだ』

木島《きじま》組は、多くのフロント企業を抱えている。それぞれ担当者は他にいるようだが、最終的に久遠が目を通していると聞いた。上が忙しいのは、飲食業もやくざも同じらしい。

「あー……そう。お疲れ様」

しかも現在は、南川《みなみかわ》の件がまだ尾を引いている。本人の死と小笠原の逮捕という形で終結したとはいえ、いろいろなことがくすぶった状態であるのは間違いなかった。

南川に情報と資金を提供していた黒幕は誰なのか、そこから不明なのだ。

久遠はまさに当事者だし、今後のこともあるので幕引きのタイミングも難しいのだろう。

『それで？　おまえは親父《おやじ》さんのことか？』

そのとおりだ。頼る気はないものの、バーで聞いた話を久遠に吐き出し、冷静になろうというのがこんな深夜に電話をした目的だった。

「今日、バーに行ってきた」

と、そこから始めて、昨日もこぼした愚痴をまたしても久遠相手にぶちまける。産地偽装の話まで出ては、なにをやってるんだよ、と悪態をつかずにはいられなかった。

「だからっていきなり値段を下げたら、逆効果だってことに気づかない時点で終わってるよな」

現に客の男は、客が来ないから安くなったと笑っていた。

「やけに格好つけたバーでさ。あ、店名、俺言ったっけ？　なんと『月の雫』。おこがましいにもほどがあるって」

店の名称としてはさほどめずらしいものではない。それこそ都内に限定しても、いくらでもあるだろう。

しかし、自分の場合、月と聞くとどうしてもＢＭを連想してしまう。しかも高級店となれば……偶然だと片づける気にはとてもなれなかった。

「そもそも手を広げるなら、ブレーンが必要だろ。誰も助言しなかったのか、それとも助言したのに父親が耳を貸さなかったのか知らないけどさ」

口早にさんざん不満を並べていった和孝に、久遠は初めて口を開いた。

『親父さんは、ワンマン経営だからな』

しようがないとでも言いたげな口調だ。無論問題はそこではない。久遠がワンマン経営と知っている、その事実だ。

おそらく息子の自分よりもずっと父親に関して把握しているのだろう。和孝が父親の店について調べたのはたった一度きり、料理学校に入学が決まったときだった。

久遠に血筋と言われて、どうにも気になった。

そのため、自分の情報は三年ほど古い。

「いつから？」

この問いには、

『弟が訪ねてきた頃か。父親に会うか会わないかで悩んでいただろう？』

「あー、あれ……」

ようするに、久遠は一度あったことは二度あると考えたから、父親について調べたにちがいない。その判断が正しかったことは、いま、こうしてまた係わっている時点で証明されている。

abbit-hole went straight on like a tunnel for some way, and then dipped suddenly down, so suddenly that Alice had not a m

「久遠さんって、案外心配性だよな」

自然に口許が綻ぶ。どうやら電話の効果は早くも表れたらしい。

『俺が？』

「うん。心配性。だってさ——」

父親について調べておいて、今回の件がなければ当事者である自分にもなにも言わないつもりでいただろうことは容易に想像がつく。これを心配性と言わずして、なんと言うのか。

「…………」

いや、そうではない。和孝は、勘違いに気づく。

半月ほど前だ。「特別」「特権」だと言われた。つまり、特定の相手にのみ久遠は心配性になるというわけだ。

なんだかくすぐったい心地になり、父親の愚痴ばかりこぼした自分を反省する。いくら文句を言ったところで現状は変わらないのに、久遠が聞き流してくれるのをいいことに、好き放題垂れ流してしまった。

まあ、これも特別だからとあきらめてもらうしかない。久遠以外の相手に、こうまで本音を漏らすつもりはないのだから。

「俺が父親の店に関してなにかできるわけじゃないし、する気もないからいくら考えても仕方ないんだけど――」

　おそらく父親は、息子の助言ならなおさら突っぱねるに決まっている。そもそも身体《からだ》を壊して入院している事実すら、孝弘に口止めしたくらいだ。

「弟のことが気になるんだよ」

　学費や塾の月謝など、今後ますますお金がかかる。やりたいスポーツだってできるかもしれない。

　いまの孝弘なら、なにかあったとしても誰にも言わずにあきらめるのは目に見えていた。

「俺が援助するって言おうと思ってる。安心してなんでもやりたいことをやればいいって」

　だからこそそう口にのぼらせた和孝だが、

『援助か』

　賛同できないというニュアンスの返答がある。

「なにその言い方?」

　兄としては、できる限りのことはしたい。ふたりきりの兄弟だし、これまでなにもできなかったぶん罪滅ぼしの気持ちもあった。

『俺が個人的に親父さんに資金援助をすると言ったら、おまえどうする?』

「え。厭に決まってる」

思案の余地なく即答する。肩書や立場を抜きにしても、久遠と父親に繋がりができるなど想像しただけでぞっとした。

『なら、おまえの生活全般の面倒を見てやるというのは？』

「……なに言ってるんだよ。自分の面倒くらい自分で見られるから」

怖い、と思わず漏らすと、ふっと久遠が笑った。

『そういうことだ』

「そういうって、孝弘は弟で、まだ――」

小学生だと続けようとしたが、言わないまま口を閉じる。

間違っているのはきっと自分のほうだ。孝弘が勇気を出して父親の件を打ち明けてきたのは、金銭援助を求めているからではない。もし学費を肩代わりすると申し出れば、逆に傷つけるはめになるだろう。

孝弘なら、以降、相談すら遠慮し始めることは十分考えられる。

孝弘の望みは、ひとつ。

家族が協力して窮地を乗り越えることだ。もしかしたら店の再建すら二の次なのかもしれない。だからこそ、塾をやめて学費のかからない公立小学校に転校してもいいと言ったのだ。

「俺、間違えるところだった」

久遠に電話をかけたのは正解だった。おかげで頭が冷えたし、なにより孝弘の気持ちを踏みにじらずにすんだ。

「こんな時刻にごめん。あと、ありがとう」

多少の気恥ずかしさを覚えつつ、素直に謝罪と礼を口にする。

『ああ』

久遠からの返事はその一言だったが、それで十分だ。

「俺――」

大きく息をつく。この期《ご》に及んで、まだ心が揺れる。それだけ根深いと言えるが、小さな弟が頑張っているのに自分ひとり逃げるわけにはいかなかった。

「今度の休みにでも病院に行くよ」

前に会ったのは孝弘を送っていったときで、再会は不可抗力だった。二度目の今回は、自分の意思で父親を見舞うと決めた。

他者からすればたいした差はなくても、自分にとっては大きな決心だ。

『そうか』

久遠は肯定も否定もしない。ひとりの人間として尊重されているような気がして、後押しになる。

「遅くに悪かったよ。でも、おかげで眠れそう」

『なによりだ』

携帯の向こうにおやすみと告げる。同じ言葉が優しく鼓膜をくすぐるのを待って、和孝は携帯を切り、サイドボードに戻した。

ベッドにまたごろりと横になり、目を閉じる。

まずは見舞いに行く。とりあえず最初にやるべきことがはっきりしたせいか、いくらもせずに眠気に襲われ、あくびをした。

あのひと、俺の精神安定剤みたいなものだな。

そんなことを考えながら。

もっともただの精神安定剤ではない。ときには起爆剤にもなって、これ以上ないほど心を掻《か》き乱《みだ》され、振り回され、身も心も疲弊させられる。

つまり自分にとって毒にも薬にもなる、この世で一番の劇薬だった。

4

そして、その日は確実に近づいてくる。

普通に仕事をこなし、帰宅してからはネットで情報を探るという数日間を過ごしたおかげで、少しだけ追加情報を得た。

産地偽装の件だ。

どうやらこれに関しては証拠があるわけではなく、単なる噂《うわさ》の範囲を出ないらしい。どこからともなく話が湧《わ》いて出た、そんなイメージだった。

もうひとつ。数ヵ月前、営業中のレストランにやってきた男が、突如大声で叫び出したというSNSのコメントを見つけた。

男は契約を切られた野菜農家だったらしく、びっくりした、警察が来るまで怖かったと記されているところをみると、父親に対して恨みを抱いているのは間違いなさそうだ。

その後に産地偽装の噂が出たとなると、どうしてもその野菜農家を疑ってしまうが、単なる偶然の場合もある。さすがに詐欺を働くほど父親は落ちぶれてはいないはず、と思いたいだけなのかもしれないので、現段階で断定するのは危険だ。

できるだけ客観的な立場に立とうとするものの、やはり難しい。どうしたって孝弘《たかひろ》のことを真っ先に考えるのは当然だった。

「難しい顔をしているな」

頭上から声をかけられ、ソファで携帯と首っ引きだった和孝《かずたか》は顔を上げた。

「そりゃあね……おかえり」

ため息混じりになるのは致し方ない。仕事中は普段どおり過ごし、客相手に愛想よく振る舞っていても、家に戻った途端——今日は久遠《くどう》宅だが——笑顔の仮面はあっという間に剝《は》がれる。

「なにかわかったのか?」

水を向けられ、一度はかぶりを振った和孝だが、思い直して口を開く。疲れて帰ってきたら、今度は自宅でねちねち不満を聞かされるなんて久遠にとってはストレス以外のなにものでもないとわかっているけれど、はぐらかしたところでどうせ同じだ。

「わかったっていうか、わかったかもしれないっていうか」

キッチンに移動し、遅い晩酌の準備をする傍らさっき知った野菜農家とのトラブルについて話す。

上着を脱ぎ、ネクタイを外しながら黙って聞いていた久遠が、

「いつ頃だ?」

なにに引っかかったのか、そう問うてきた。

「その農家のひとが店に乗り込んできたのが七ヵ月前で、産地偽装の噂が立ち始めたのがそのあとだから――半年くらい前。俺もタイミング的にもしかしたら、なんて思ってる」

願望も含め、とぼそりとこぼしたが、どうやら久遠が考えていたのはまったくちがうことだった。

「おまえが店を始めた頃か」

「――え」

どうしていまその話が出てくるのか、久遠の意図を計りかねて視線で説明を促す。しかし、それ以上の言葉はなく、

「風呂《ふろ》に入ってくる」

その一言でリビングダイニングから出ていった。

確かに久遠の言ったように、Paper Moon《ペーパームーン》を始めたのも同じ頃だ。といっても、野菜農家とのトラブルと自身の店になんらかの関係があるとは到底思えない。

時期については完全に偶然だろうし、久遠はなぜそんな言い方をしたのか……一度は聞き流したものの、どうにも我慢できなくなり、包丁を置くと久遠を追う。

久遠はまだ脱衣所にいて、ちょうどワイシャツの前を開いたところだった。

「俺が店を始めるのと、父親のトラブルは関係ないよな。仮にその野菜農家のひとが悪評を立てたんだとしても、それは不当に契約を切られた恨みからで、俺とは縁もゆかりもな

いんだから」

そもそも絶縁して久しい状況で、自分たちが親子と知る人間など皆無と言っていい。

「おまえと関係があると言ったか？」

「言っ……てないけど、言ったようなもんだろ」

久遠が無意味なことを不用意に口にするとは思えない。こんなときならなおさらだ。だからこそこんなに気になってしまう。

もしなにか考えているなら教えてほしい。視線に込めてじっと久遠を見据えること、数十秒。久遠が、降参とばかりに肩をすくめた。

「関係があると言ったわけじゃない。ただ俺が疑り深いだけだ。ひとつなら偶然ですむが、ふたつ偶然が重なる確率は限りなく低い」

「それは……」

確かにそうだ。偶然ですませていたけれど、複数の事案が重なった場合はそこになんらかの意思が働いているのではないかと疑ってみるべきかもしれない。

その意思がなんであるか、わかるのは本人だけだ。野菜農家との確執、およそ半年前というキーワード。父親に直接問うのがもっとも早いだろう。

さすがに病室で質問責めにするわけにはいかなくても、それとなくその話に持っていくことは可能だ。

「……明日、か」

明日のことを考えると憂鬱《ゆううつ》になる。できるなら尻《しり》をまくって逃げ出したい。が、久遠に明言した以上、いまさらやっぱりやめたと言うのも格好悪い。

「もういいか？　それとも、一緒に入るか？」

「え」

いつの間にか落としていた目を上げると、久遠がバスルームの扉を親指で指す。

「あ、俺はもうすませたから。ひとりでゆっくりどうぞ」

そう言い残して脱衣所をあとにし、キッチンへ戻ってふたたび包丁を手にした和孝は、久遠とのやりとりを頭の中で反芻《はんすう》した。

いよいよ明日だ。そう思うと自然に渋面になる。

悪あがきにもほどがある、と自分に対してうんざりすると同時に、なんで見舞いに行くなんて言ってしまったのかと悔やむ気持ちもこみ上げる。

いや、正直に言えば後者のほうが大きい。

ばかだ俺、と落ち込まずにはいられなかった。

こんな男の愚痴をたびたび聞かされる久遠には同情する。もし自分だったら、面倒くさい男のぐだぐだした話なんて、どんな見返りがあったとしてもごめん被《こうむ》る。

そういえば今回に限った話ではない。あのときもそうだった。と、久遠相手にとりとめもない心情を吐き出したあれこれを脳裏によみがえらせる。

最初は聡《さとし》が去り、家に帰ったときだった。俺を相手に愚痴をこぼす気か、と久遠は呆《あき》れてみせつつも、長いだけで中身のない話を黙って聞き流してくれた。

田丸《たまる》に拉致《らち》されたあとも、BM《ビーエム》が火災でなくなったときも、自分が感情をあらわにした相手は久遠だった。

今回の件にしても、久遠は親との確執を誰より理解しているだろう。なにしろ十七歳の頃の自分をもっとも近くで見て、知っているひとだ。

あらためて、己のひどさを痛感すると同時に恥ずかしくなってくる。こんな調子だから、いつまでたっても半人前扱いされてもしようがない。

知り合ってから十年あまり。

そのうち七年間は離れていたというのに、こうまでさらけ出すほど特別な相手になってしまった。

再会した当初ですら、どうせまた駄目になると疑っていた自分が、いつの間にか傍《そば》にいるためにはどうしたらいいのかを考えるようになっていた。

いまもそうだ。どうすればこの先も傍にいられるかと、ずっと考え続けている。

「今度はなんのしかめっ面だ？」

久遠が戻ってきた。

「猛省中なだけだから、気にしないで」

グラスとカトラリーをテーブルに並べつつ、答える。今日の酒の肴《さかな》は、真鯛《まだい》のカルパッチョ、水菜とささみのサラダ、帆立てとかぶのクリーム煮など五品。

いずれも白ワインに合うメニューだ。今夜は白ワインにしようと、仕事後、久遠宅へスクーターを走らせるときから決めていた。

「乾杯する気分じゃないから」

先に断り、いただきますと手を合わせたあと箸《はし》を手にする。休みの前日は、なにも用事を入れていないときは多少酒量を増やすが、今日ばかりはそうはいかない。明日のことを思うと、そんな気分にもならなかった。

「久遠さんさ。俺がＢＭで働いてたの、いつ気づいた？」

唐突な質問のようで、自分のなかではちゃんと繋《つな》がっている。過去のあれこれを思い出して反省するうちのひとつが、この件だった。

当時、久遠はＢＭの出資者だった。宮原《みやはら》と意気投合したことも、ＢＭに興味を持ったことについてもなんら不思議ではない。

一方で、自分と宮原が出会ったのは偶然だった。いや、運命のいたずらか。

おそらく久遠にしても、少なからずこれについては驚いたにちがいない。自分は、突如現れた久遠に息が止まるほどの衝撃を受けたのだから。

会員の同伴者としてBMにやってきた砂川組《すなかわぐみ》の嶋田《しまだ》とのトラブルは、この際どうでもいい。強烈に記憶に残っているのは、それが久遠と再会するきっかけになったためだ。

あの頃はやくざと聞くだけで拒否反応があったせいで、嶋田への対応が過剰になってしまったという自覚はある。おそらく危なっかしくて見ていられなかったのだろう、結局、久遠に助け舟を出してもらうはめになった。

「初めのほうだ」

BMに出入りしていたのなら、サブマネージャーとして宮原についていた頃は当然知っているだろう。一度くらい、宮原の口から自分の名前が出たかもしれない。

「初めのほうって、正確には？」

この機会に聞いておこうと、質問を重ねる。

「正確には、ホールに立つ前か」

「…………」

だが、久遠の返答は予想を超えていて、一瞬、ぽかんと口を開けてしまう。初めのほう、どころではない。それが事実であれば、何年も近くにいながら姿を見せなかったことになるのだ。

「俺が、宮原さんに教育を受けてた頃ってこと？」

「そうなるな」

頭の中で記憶をさかのぼっていき、時系列を明確にする。

久遠の部屋を出たあと、宮原の自宅で厄介になった。高校に通う傍ら、接客業のノウハウ、言葉遣いや所作について学び、大学入学と同時に一人暮らしを始め、宮原の見習いとしてBMのホールに立つようになった。

そこで四年間、宮原を間近で見続けて、マネージャーを任されたのは卒業してからだった。となると――。

半信半疑でひとつひとつ計算していった和孝は、あまりのことに打ち震えた。

「そうなるな、じゃねえ！」

椅子《いす》から立ち上がる。心情的にはちゃぶ台をひっくり返したいくらいだが、残念ながら目の前にあるのは重いダイニングテーブルだ。

「それ、俺が高校生の頃からってことだろ！　ていうか、久遠さんちを出てすぐ！」

「そうだな」

素知らぬ顔で同じ台詞《せりふ》をくり返す久遠に、和孝はぎゅっとこぶしを握る。

ひとが悔やんで、悪夢を見て、自己嫌悪に陥っていたときに……元凶がすぐ傍にいて平然としていたのかと思うと、自分の数年はなんだったのかと無力感に襲われる。

純情を弄《もてあそ》ばれたような気さえしてきて、最悪と詰《なじ》った。

「俺と顔を合わせたら、おまえ、宮原さんからも逃げ出さなかったか？」

しかし、久遠のその言葉に、次に発する予定だった悪態を呑《の》み込《こ》む。

そんなわけないだろ、とは言えない。もしすぐに久遠と再会していたなら、自分はどうしていたか。

おそらく久遠の言うとおりだろう。なんでここにいるんだ、追い詰めるつもりか、宮原さんもやくざと繋がっていたのか。他人のせいにして、逃げ出していたことは十分に考えられる。

「俺が、宮原さんと出会ったのって偶然だよな」

どこから信じていいのかわからず、まさかと確認すると、久遠が片方の眉《まゆ》をひょいと吊《つ》り上げた。

「ああ。綺麗《きれい》な子を見つけたとはしゃいでいた」

久遠の口から発せられた「綺麗な子」という一言に妙な心地になり、ひとつ咳払《せきばら》いをした和孝は椅子に座り直すと、鼻に皺《しわ》を寄せた。

「じゃあ、嶋田の件がなかったら、会うのはもっとあとになってたってわけか」

ぼそりと漏らしたあとで気づく。どうやら自分は、再会しなかったという可能性を完全に除外しているようだ、と。よしんば嶋田とのトラブルがなかったとしても、いずれ久遠は自分の前に現れた。そう確信しているらしい。

笑える。

は、と吹き出した和孝は、ワインをぐっと呷《あお》ってから大きく息をついた。

「俺が折れるべきなんだろうな」

自分のなかに、相反する感情がある。父親を許せない気持ちと、同業者として理解し、尊敬している気持ち。

反抗期みたいな真似《まね》をするのはいいかげんやめて、歩み寄ることが唯一の解決策だと重々わかっているのだ。

「厭《いや》なら放っておけばいい」

「……うん」

そうする選択肢もあるにはある。しかし、ああすればよかった、すべきだったと今後ずっと引《ひ》き摺《ず》るだろうことは目に見えている。

だからこそ見舞いに行くと決めたし、もう一歩踏み出して、この件について父親とじっくり話をするべきだと頭ではちゃんと理解もしていた。

「たぶん俺、放り出しても係わっても後悔する。いっそもう、アミダくじで決めてもいいくらい」

今度はアミダくじのせいにする気か。つくづく腹をくくり切れない自分に嫌気が差す。

「同じ職業を選んだことに後悔はないんだろう？」

核心を突かれ、一度唇を引き結んだ和孝は、渋々頷《うなず》いた。

ない。

「ない。これっぽっちも」

これだけは初めから一貫している。一度として迷ったこともなければ、悔やんだこともない。

どうせ返答の予想はついていたのだろう、久遠はそれ以上なにも言ってこなかった。

明日のことがあるので早めに切り上げ、寝室へ移動する。

「今日はその気になれない」

さすがにそういう気分に浸るのは難しいと先に断った。父親の顔をちらつかせながら久遠と――なんて無理に決まっている。

久遠の返答は、ああ、の一言だ。こういうところを昔は淡泊だと勘違いしていたんだよな、などと思いつつベッドに横になった。

明かりの落ちた部屋でなにもない宙をぼんやりと眺めていた和孝は、なにげなさを装って水を向ける。

「そういえば、久遠さんのほうは進展あった？」

南川《みなみかわ》の背後にいた砂川組を陰で操っていたのは誰なのか。当の南川が亡くなったこともあってわからずじまいだと聞いた。小笠原《おがさわら》が犯人として捕まったことで決着した格好になった、と。

しかし、それは表向きの話だ。久遠に――木島《きじま》組にとってはいまだ続いている案件で、おそらく不動清和会《ふどうせいわかい》じゅうがぴりぴりしていると素人でも想像できる。

「それなりに」

そっけないほど簡潔な答えだが、組員でもない自分に詳細を話してくれるなんて期待はしていなかったので、多少進展はあったらしいと知れる一言に安心する。久遠ならきっとうまくやるはず、と信じられるのはこれまでもそうだったからだ。

久遠は多くを語らないけれど、短い一言が頼もしい。きっと大丈夫だと思わせてくれる。

「久遠さんも大変だなあ」

あえて軽い口調で言葉を重ねた。

「厄介事を抱えているのに、俺の愚痴につき合わなきゃならないんだから。いくらなんでも面倒見がよすぎだろ」

「俺は面倒見がいいわけじゃない」

「うん。わかってる」

その言葉が聞きたかった。自分が特別だと思うだけで心が強くなる。大丈夫だと後押しされているような気がしてくるのだ。

「それならいい」

低く、やわらかな声。この声を聞くと、胸がいっぱいになる。安堵《あんど》だったり、喜びだったり、じれったさだったり、切なさだったり。そのときどきでちがうけれど、これほど心を揺さぶられる声はない。

身体《からだ》を起こした和孝は、久遠の髪に触れ、指を絡めた。そのまま顔を近づけると、鼻先に唇を寄せる。

「今日はその気になれないんじゃなかったのか?」

大きな手に背中を抱かれた。その手は肩甲骨、首と滑っていき、後頭部に添えられた。引き寄せられるまま、口づけを交わす。

「……ん。いまその気になった」

心配する必要なんてなかった。久遠と同じベッドに入って、他人の入る余地があるなんて思うほうが間違いだ。

いつだって久遠の腕に抱き寄せられると、他のすべてがどうでもよくなるのだ。

「ふ……」

舌を絡《から》める傍ら、和孝は久遠のパジャマに手をかける。釦《ボタン》を外す間ももどかしく感じるのは、久遠が背中から尻をまさぐってくるからだ。布一枚が邪魔で身をくねらせて急《せ》かすと、それに応《こた》えて手を裾《すそ》からもぐり込ませてきた。

「ん……ぅん」

直接手のひらで撫《な》で回され、ざっと肌が粟立《あわだ》つ。やっと久遠のパジャマの前を開いた和孝は、舌を覗《のぞ》かせて唇や顎《あご》を舐《な》めて愛撫《あいぶ》していった。

もとよりそれは、次の行為への前戯でもある。久遠の上にのる体勢で舌を滑らせていくと、硬い腹に口づけた。

熱い吐息をこぼし、パジャマのズボンを下ろす。下着が少し膨らんでいることに気をよくして、和孝はそこに顔を近づけると、手と口で下着を捲《めく》っていった。

「……あ」

頭をもたげつつある久遠自身に舌を這《は》わせる。ゆっくり、根元まで味わってから口中へ迎え入れた。

「……和孝」

唾液《だえき》を絡め、唇で扱《しご》き、喉《のど》の奥まで開いて愛撫する。髪に触れてくる久遠の手と、口中で硬く勃《た》ち上がる久遠自身に身体じゅうが熱くなり、胸が大きく喘《あえ》いだ。

久遠の手は髪から頰《ほお》、うなじへと滑っていく。胸元をくすぐられて、びくりと肩が跳ね上がった。

そのまま撫で回されると、意識がそちらへ向かう。次第に口淫《こういん》がおろそかになっていくのはどうしようもなく、とうとう和孝は音を上げた。

「久遠、さんっ」

唾液と久遠の先走りで濡《ぬ》れた口許《くちもと》を拭《ぬぐ》う間もなく、喘がされる。胸の尖《とが》りを指で弾《はじ》かれ、押《お》し潰《つぶ》されると中心が疼《うず》きだし、いつしか自然に身を捩《よじ》らせていた。

「俺にも味わわせろ」

その言葉とともに、ベッドに仰向けに転がされた。そして言葉どおり、身体を久遠の好きにされる。

「あ、あ……っ」

和孝にできるのは、濡れた声を上げることだけだ。

吸われた乳首が、ぷくりと膨れ上がったのがわかる。恥ずかしいが、自分ではどうしようもない。それどころかもっとしてほしくて、つい胸をそらしてねだってしまう。

うなじにじわりと浮いた汗にすら感じて、和孝は久遠の頭にしがみつく。

「あぁ」

直後、歯を立てられてぶるりと胴震いした。

「さ、わって、もう」

これ以上焦《じ》らされたくない。股《また》を開いて、久遠を促す。

「わかってる」

その言葉にほっとしたのもつかの間、久遠が触れてきたのは望んでいた場所ではなく、その奥、後孔だった。

「な……んで」

「前を触っていくより、こっちのほうが好きだろう?」

でも続く。

「ち……」

ちがうとは否定できない。性器を擦り立てたいという欲求はあるものの、後ろでもたらされる絶頂はそれとはまったく別だ。脳天が痺《しび》れ、意識が飛ぶほどの激しい愉悦がいつまでも続く。

そのすごさを知ったいま、性器でのクライマックスで満足するのは難しい。

「そっちは自分でして見せてくれ」

だが、これにはかぶりを振って拒否する。いまさらというほどあられもない姿を久遠に見せてきたとはいえ、自分でしろと言われて自慰を披露するなんて、厭に決まっている。

久遠は気にせず潤滑剤で自身の指を滴るほど濡らすと、狭間《はざま》に触れてくる。入り口に潤滑剤を塗り込め、浅い場所を解《ほど》きにかかった。

「う……ぁ……」

熱い双眸《そうぼう》で見つめられると、体内の奥深くが疼きだす。久遠の瞳《ひとみ》のなかに欲望が見てとれるからなおさらだ。

「あ、あ……」

とうとう我慢できず、中心に両手を伸ばす。そのまま包み込むと、こみ上げてくる衝動に任せて自分で慰めた。

「ぅあ……や……ぁ」

同時に、久遠の指がずるりと深い場所まで挿《はい》ってくる。内壁を擦られ、やわやわと奥を刺激されて、両手を動かすたび、あふれ出る蜜《みつ》で濡れた音がひっきりなしに耳に届く。

いや、音を立てているのはそこだけではない。後ろもだ。いやらしい音に耐えかね、和孝はぎゅっと性器を締めつけた。

「も、無理。いくから、挿《い》れ……」

「もう少し奥まで開いたほうが楽だぞ」

久遠の気遣いにも、すでにじれったさしかない。体内は疼いているし、いまにも達しそうだし、これ以上待たされたくはなかった。

「厭だ」

大きく脚を開いて、そそのかす。

「こんなに、もう濡れてるから」

どうやらこれは効果があったようだ。一度吐息をこぼした久遠は指を抜くと、和孝の腰をぐいと自身へ引き寄せた。

熱く充実した屹立《きつりつ》にコンドームをつける姿にすら、期待で鼓動が大きく跳ねる。入り口にそれが押し当てられたときには、やっとという安堵すら感じた。

「うあ」

熱が入り口を割り、抉《えぐ》り、体内へ挿ってくる。強引な行為にはちがいなく、苦痛はあるが、それも最初だけだ。

何度か揺すって奥まで進んでくる頃には、快感のほうが上回っていた。

「確かに濡れて——すごくいい」

久遠が上擦った声を聞かせる。普段より低く、時折掠《かす》れる声にも興奮する。

「俺も、いいっ」

自ら腰を揺すって促した。腰を両手で摑《つか》んできた久遠が、じっくりと味わうように動き始める。

繋がった場所から蕩《とろ》けそうなほどの愉悦があとからあとからこみ上げ、和孝は羞恥心《しゅうちしん》を覚える余裕もなく乱れ、嬌声《きょうせい》を上げた。

獣じみた息をつきながら、存分に貪《むさぼ》る。少しずつ激しくなる行為に、長くはもたなかった。

「あ、いく」

久遠に奥を突き上げられた瞬間、一度目の絶頂を迎える。が、久遠は動くのをやめず、容赦なく好きに振る舞う。

過剰な快感に我をなくし、ぼろぼろと涙がこぼれ出た。

「そんなに吸いつかれると、加減できなくなるだろう?」

「そ……あぁ」

自分ではわからないと答えたかったのか、それとも加減しなくていいと促したかったのか、もはやはっきりしない。

長く激しい絶頂に溺《おぼ》れ、身を委《ゆだ》ねるだけだ。

身体を倒してきた久遠が、濡れた頬に口づけてきた。和孝は久遠の首に両手を回し、しがみついて思うさま快楽を貪った。

「また、いく——ああっ」

心地いい重みに包み込まれて眠りに落ちるそのときまで。


髪に触れてくる手の心地よさに、半分眠りのなかに身を委ねたままうっとりとする。

「俺は先に出るが、寝過ごすなよ」

少し乾いた低い声は耳に心地よく、二度寝するにはちょうどいいが、久遠の言うように寝過ごしてしまったら大事だ。

「……もう起きる」

そう答えたもののなかなか瞼《まぶた》は上がらず、夢うつつのままあと少しだけと自分に言い訳をして、口だけを動かした。

「久遠さんは、もう出る？」

「ああ、行ってくる」

手が髪から離れる。せっかく気持ちよかったのに、と思うが、仕事に行かなければならないのだから仕方がない。

「いってらっしゃい」

久遠がベッドから離れていく。部屋からも気配がなくなると同時にまた眠気に襲われ、あくびが出る。

好きなだけ眠っていたいという欲求に駆られつつも寝過ごせないのは重要な用事があるからで、その用事というのは――。

突如、父親の顔が頭を掠めて、和孝は飛び起きた。

「……十一時に行くって伝えてたんだった」

いっそ都合が悪くなったと言って日を改めようか、と後ろ向き、かつ魅力的な考えが浮かんで気持ちがぐらつくが、そうすることに利点があるかどうか、悩むまでもなかった。

後回しにすれば、それだけ鬱々《うつうつ》とした日々を長引かせるはめになる。

面倒事はさっさと片づけるに限る、心中で自身を鼓舞し、ベッドを下りるとその足でシャワーブースへ向かった。

昨夜の名残《なごり》を洗い流し、バスローブを肩から引っ掛けただけでまずはシーツと脱ぎ捨てたパジャマの洗濯から始める。

久遠はシーツをクリーニングに出すようだが、清潔であればそれでいいので、自分がいるときは洗濯機ですませる。多少の皺くらい、寝るのになんの支障もない。

その後は朝食作りにとりかかる。といっても、トーストの上に半熟の目玉焼きとチーズ、マヨネーズをのせただけの簡単なものだ。

コーヒーとトーストを手にしてソファへ移動した和孝は、テレビをつけるとチャンネルボタンを押していき、情報番組で止めた。

南川が出ていた頃、何度か観《み》た番組だ。不快になるのだからやめておくべきだと百も承知でそれでも観ずにはいられなかったのは、もちろん感情的な理由もあったが、敵の思惑を少しでも把握したい、その一心だった。

当時目にしたコメンテーターの顔を見ると、精神的に追い詰められていた頃を思い出して厭な気分になる。好き勝手言っていた彼らは、つい先日まで脱税した祖父《そふ》江《え》元議員をやり玉に挙げていたが、いまはスポーツ協会のパワハラ問題にその矛先を向けていた。

他人事《ひとごと》とは思えない、なんて心を痛めるのは間違いだ。そもそも脱税やパワハラをした本人に非がある以上、責められて然《しか》るべきだろう。

となると、世間が反社会的組織を蛇蝎《だかつ》のごとく嫌い、詰《なじ》るのもまた至極当たり前で、どちらが悪か善か、そこに論じる隙《すき》などないのだ。

肩身が狭い、なんて言葉にするのも憚《はばか》られる。

実際、十年前に比べて暴力団もそこに与《くみ》している者たちも相当数が減っていると聞く。その多くは組織が成り立たなくなってやめていくらしいが、今後はますますその傾向が強くなるのは間違いなかった。

もっともそれはやくざに限らず、先のことなんて誰にもわからない。手広くやっていると思っていた父親がまさか窮地に立たされているなど、孝弘から聞かされなければ自分は知らなかったし、これっぽっちの疑いも持たなかったのだから。

チャンネルを替えた和孝は、料理番組にすると、クリスマスの献立を観ながら十分ほどで食べ終えた。

皿洗いをすませ、身支度を整える。シャツにジャケットを羽織ると、スクーターのキーをコンソールテーブルから拾い上げ、久遠宅を出た。

頭をからっぽにする努力をしたがやはり難しく、途中何度引き返そうと思ったかしれない。

だが、いまさらやめるのも無理だ。久遠に見舞いに行くと言ったし、花を買ったし、孝弘が待っているし、とそのたびに胸中で行く理由を挙げてなんとか踏《ふ》み止《とど》まった。

絵さながらの青空は目に眩《まぶ》しいほどで、乾いた風も今日ばかりは心地よく、まるでさっさとすませてしまえと背中を押されているような気がした。

「ここか」

　十台分ほどある駐輪スペースが幸運にもひとつ空いていたのでそこへスクーターを駐《と》め、ヘルメットを脱いだ。無心、無心と心中でくり返し、髪の乱れを手で押さえてから花を持って正面玄関を目指した。

　大きなガラス扉の玄関を入ってすぐ、明るい待合スペースがある。どうやら人気の病院らしく、椅子に座れずに立って待っている患者もちらほらいた。

　右手には小さなカフェまで併設されていて、まるでホテルのロビーみたいな雰囲気だ。カフェは混《こ》んでいて、これから昼食時になると列ができるだろうと窺《うかが》える。奥の受付へまっすぐ向かった和孝は、そこで部屋番号を聞き、エレベーターで上階へ向かった。

　二階と三階に外来の診療科があり、四階はＭＲＩやＣＴなどの検査室、五階から上が病室になっていて、父親が入院しているのは六階。六〇二。

　エレベーターを降りると、つんと消毒薬の匂《にお》いが鼻をつく。公衆電話の隣に設《しつら》えてあるベンチでは、四、五人の年配の男女が楽しげに談笑していた。

　会釈をしてナースステーションの前を通り過ぎる。六〇二はナースステーションのすぐ目の前にあった。

　プレートには、四人の名前が記されている。

　深呼吸をした和孝は受付で説明された右手奥へと進み、迷わずカーテン越しに声をかけた。一度でも躊躇《ためら》ってしまったら、よけいに入り難《にく》くなってしまうのが目に見えていたからだ。

はい、と女性の声がしてすぐ、カーテンが開く。

「——和孝、くん」

現れた義母に名前を呼ばれたときの違和感は、何年たっても変わらない。鼓膜を引っかかれたかのような感覚になる。

「ご無沙汰《ぶさた》してます」

義母と最後に会ったのは三年近く前だが、そのときよりもゆうに五歳は歳《とし》を取って見えた。染められていない髪には白いものがちらほらとあり、薄化粧では隠し切れないクマやシミ、皺が見てとれる。

目鼻立ちのはっきりした目立つ女性だったのに、年齢のせいか心労のせいか、街ですれ違ったとしてもきっと気づかないだろう。それほど印象がちがう。

事業が厳しいうえに夫が入院したとなると、それも当然なのかもしれない。

「どうぞ。入って。いま孝弘、ちょうど塾に行ってて——帰りにここに顔を出す予定だから……間に合うといいんだけど」

手首の腕時計に目を落とし、口早に話す義母に、和孝は会釈だけする。

孝弘がいないのはよかったのかもしれない。孝弘がこの場にいると、義母も父親も、もちろん自分も無理やり取り繕う必要がある。みな、孝弘に厭な思いをさせることを望んでいなかった。

促されるままカーテンの中へ足を踏み入れる。ベッドとサイドボードとテレビのみの簡素な空間に横たわっている父親は、ひどく痩《や》せていて、伸びかけた白髪交じりの髭《ひげ》も相まって、まだ五十代にもかかわらずまるで老人同然だ。

そのことに驚き、頬が強張《こわば》る。

以前から食が細くなっていたのだとしても、胃潰瘍《いかいよう》と知らなければ、もっと悪い病気ではないかと疑うところだった。

「忙しいんじゃないのか。悪かったな」

父親が、頼りない笑みを浮かべる。目尻《めじり》に深い皺が幾重にも刻まれた。

「いや……今日は、休みだから」

ぎごちないのはお互い様だ。三年前に会ったとはいえ、あのときはすでに暗かったし、まともに目も合わさなかった。

「手術、したんだろ？　体調は？」

「悪くない」

「そう」

通り一遍の会話を交わす。

「あ……私、ちょっと売店に行ってくるわね」

気を利かせたつもりなのか、義母はその一言で去っていき、父親とふたりそこへ残されるはめになった。

義母がいようがいまいが居心地が悪いことに変わりはなく、なにを話していいのかわからず黙り込む。カーテンの向こう、他の入院患者のスペースから伝わってくる穏やかな様子に対して、ここはなんてどんよりとしているのか。早くも帰りたいという気持ちになっていた。

「大変だったな」

なんのことかぴんとこなかったものの、

「週刊誌」

次の一言で、南川の件だと悟る。確かに週刊誌に店の外観が掲載されたし、ネットにもそれらしき記事が上がったが——父親が自分の店だと気づいていたこと自体意外だった。

「もう終わったから」

それでもこれは、切り出すにはいいきっかけになった。

「そっちこそ、厳しいって聞いたけど」

本題に入ると、父親が苦笑いを浮かべる。

「孝弘がなんと言ったか知らないが、子どもは深刻に考えるからな。うちなら大丈夫だ。

なんとかやってる」

「なんとかやれてないから、二店舗手放したんじゃないの？」

自分の発する言葉に、次第に苛々《いらいら》してくる。

こんなやりとり、無駄でしかない。よけいな口出しをしているのは確かだし、父親がけっして認めないというのもわかっているのに。

「知ってたのか。あれは、もともとその予定だった。孝弘も思春期に入るし、まともに話もできない父親じゃあ、また同じ失敗をくり返すはめになる」

「は」

失敗という言葉がひどく癇《かん》に障《さわ》る。いや、おそらく父親がなにを言っても、同じだ。

「失敗か。確かに俺は失敗作だ」

病室で喧嘩《けんか》をするつもりなんてなかった。できるなら、大人同士、まともな話し合いをしたかった。

これでは、なんのために見舞いに来たのかわからない。

「そうじゃない。私のことだ。私はおまえになにもしてやれなかったが、おまえは働きながら大学を出て、自分の店も持って立派にやってるじゃないか」

いまさらの言葉に、特に感慨はなかった。

それよりも、やはりＢＭの存在を知っていたらしいと、そちらのほうに舌打ちをしたい気持ちになった。

身の丈に合わない高級バーを作ったのは息子への見栄《みえ》か。それとも対抗心か。どちらにしても浅はかというしかない。高級店を始めるなら通常以上に下準備が必要だし、どれだけ手間をかけてもうまくいかないことのほうが多いのだ。

「学費。まだ返してなかった」

和孝は、用意していた封筒を花と一緒にサイドボードの上に置く。

一度、書留でまとまった額を送ったとき、子の学費を払うのは親の務めだという手紙を添えて返送されてきた。

親子の縁を切ったつもりでいたので、なにが親の務めだよと反感を抱いた自分は、それ以上の係わりを持ちたくなくて、結局そのままにした。

確か、大学を卒業して半年ほどたった頃だ。

今回は受け取ってもらわなければ困る。とりあえず自分がいますぐに動かせる現金を掻《か》き集《あつ》めて持参したので、四年分の学費くらいの額はあるはずだった。

「やめてくれ」

しかし、がんとして父親は受け入れない。不快感すらあらわにし、封筒を押し返してくる。

「おまえから一銭ももらうつもりはない」

「……なんだよ、それ」

よもやこれほど強い拒絶に遭うとは思わずたじろいだ和孝の前で、父親は顔を歪《ゆが》め、激情に耐えるかのごとく唇を痙攣《けいれん》させた。

「親の意地かなんか知らないけど、そんなこと言ってる場合じゃないだろ。孝弘のことを考えろよ」

うんざりだ。早くここから出たい。病床にありながら突っ張る父親にも、責める自分にも嫌悪感がこみ上げる。

「大丈夫だと言っただろう。孝弘に不自由な思いはさせない。だから、こんなことを私が頼めた義理じゃないのはわかっているが、おまえは兄として、これからも孝弘の相談にのってやってほしい」

よく言えたものだ、と腹のなかで呆れる。

「当然だろ。孝弘は俺の弟なんだから」

昔からこのひとは変わらない。こういうときでも虚勢を張り、頼みと称して上から目線で指示してくる。

以前は気づかなかったことに気づいたし、同業者として尊敬できる部分はあるとはいえ、ひとりの男として父親を見た場合、やはり自分たちはどこまでいっても平行線。けっして交わらないと、その認識を強くする。

正しいとか間違いとかの問題でなく、とことん相性が悪いのだろう。

「返済を拒絶するなら、いまある三店舗も整理したほうがいいんじゃないの？　少なくとも月の雫《しずく》――バーは手放したほうがいいと思うけど」

自分としては、助言というより常識的な話をしたつもりだった。すんなり受け入れてもらえるとは思っていなかったが、いずれ父親もそうするしかないと悟るはず、と暗に込めた。

「月の雫は、駄目だ」

しかし、この件についても、けっして首を縦に振ろうとしない。あれも厭これも厭で、果たして危機感を持っているのかとそこから疑念が湧く。

「どうして」

月の雫にこだわる理由が判然としない。月の雫は再建の邪魔になるだけで、ここから盛り返せる可能性は限りなく低い。それすら理解できないというなら、再建自体無理な話だ。

「あの店は――」

よほど言いづらいことなのか、父親が答えあぐねる。病床の父親を責めるつもりはなかったが、いったいなんだ、とじれったさからつい眉間《みけん》に皺が寄った。

「あれは、どうしても残したい」

「だから、なんでだよ」

「建て直しできたら、月の雫はおまえに任せたいと思ってる」

しかし、よもやこういう話だとは予想だにしていなかった。

「おまえにって……え、俺？」

あまりのことに二の句が継げなくなる。嘘《うそ》だろ、と思わず小さく呟《つぶや》いてしまったのは、それだけ衝撃が大きかったからだ。

月の雫を自分に任せたい？　だから、なにがなんでも残したいと？

「…………」

和孝は、さらなる可能性に思い至った。父親が月の雫を始めたのは、自分のためではないかという最悪の可能性に。

ＢＭがあんな形でなくなったから、代わりにと月の雫を用意したのか。時期的にはちょうど合う。いや、でもそんなことがあり得るだろうか。ＢＭの代わりになれる店なんてないと、いくらなんでも気づくはずだ。

「二番煎《にばんせん》じなんて、俺はやらない」

「ああ」

父親はやはり否定せず、目を細めた。

「おまえの好きなようにやってくれればいい」

好きなように？　それなら売却してくれ。

「……俺は」

そっちの勝手な感傷で、押しつけられても困る。Paper Moon を大事にしていきたいし、下手に手を広げて失敗するなんて俺はごめんだ。

そう言い返そうとしたのに、喉に引っかかる。もやもやとした気持ちの悪さばかりが胸に広がっていった。

「……顧問弁護士やコンサルティング会社には、相談してるんだよな」

結局、肝心なことは言えず、唇の内側を噛《か》む。

「ああ」

父親の表情には明らかな落胆が窺えるが、気づかないふりで視線をそらした。

「手放すように指示されてないってこと？　なら、計画案はもうできてるんだ？」

このまますべての店を維持していくのは無謀だという意味で問う。もしそれでいけると言っているなら、そのコンサルタントは信用できるのかと、あえて不信感も込めた。

「できてるからいい。おまえには迷惑をかけないし、ユニオンコンサルティングファームは実績のある会社だ。一緒に頑張ろうと言ってもらっている」

「……そう」

それなら自分が口出しすることはない。金銭援助を断られ、助言のひとつもできず、月の雫の件についても明言を躊躇った以上、もうこの場にいる理由はなかった。

「じゃあ、俺は帰るから」

暇《いとま》を申し出てすぐ、背中を向ける。

「……花、ありがとうな」

小さくかけられた一言は聞こえなかったふりをして、そのまま病室を出た。引き留められたときはなんと返そうなどと考えたが、父親はそうしなかったし、義母も戻ってこないうちに憂鬱だった見舞いは終了した。

だが、見舞いに行ったメリットはあった。帰路、和孝は脳内でそのメリットを挙げていく。

一番は、見舞いに行ったと自分のなかで言い訳が立った。

あとは、やつれているように見えた父親がちゃんと再建を考えていると知れたことで、ほっとしたというのもある。元気でいてくれないと困る。孝弘はまだ小学生だ。

一方で、月の雫に関しては寝耳に水だった。いま、思い返してみてもなぜと疑念が大きいし、違和感ばかりが残っている。

月の雫を俺に？

でも、どうして？

自分が喜ぶとでも思ったのか。裏付けもなにもない中途半端な高級バーを造ったところでうまくいくはずがないし、そもそも再建できる確率のほうが低いだろう。

甘い見通しを立て、目算を誤ったのはすべて父親の責任だ。

「……なんでだよ」

無理をしてまで月の雫を残そうとするなんて、意味がわからない。もし罪滅ぼしだと考えているなら、勘違いにもほどがある。望まないものを押しつけられるのは、それがなんであろうと迷惑でしかなかった。

だったらなぜ自分はその場で突っぱねなかったのか。勝手なことを言うな、ときっぱり撥ねつければよかったのに。

見舞いに行って肩の荷が下りたかと思えば、かえって鬱々とし始め、ため息を押し殺したまま帰路につく。

なにより今日のことを孝弘に聞かれた際にどんなふうに話そうと、それを考えると気持ちが沈んだ。

嘘を並べるわけにはいかない。

孝弘は年齢のわりに聡《さと》い子だ。妙な雰囲気は敏感に感じ取るだろう。自分のせいでみなが無理をしているのではないかと、心を痛めるかもしれない。

それだけは避けたかった。

自宅へ帰りついた和孝は、ソファに身体を預けてすぐ、昼食を食べ損ねたことに気づく。そう腹も減っていないしなとぐずぐずしているうちに面倒になり、結局、コーヒー一杯ですませた。

その間、なんの気なしに「ユニオンコンサルティングファーム」を携帯で調べてみる。似たような名称が上から並んでいるなか、それらしきサイトを見つけた。

サイトを見る限り、ごく普通の会社だ。会社概要に、理念、経歴。どれも文句のつけようはない。問題は、父親の事業がどの程度まずい状況で、どこまで持ち直せるか、その一点だった。

一からやり直せばいいと言ったところでそう簡単ではないと、和孝自身わかっている。それゆえ、自分が父親に言ったのは厳密にはやり直しではなく、出直しだった。

いままでのことは忘れて、一軒の店に心血を注いでいくべきだという思いはずっとある。裸一貫で始めた父親ならそれができるはずだ、と。

親子三人食べていくなら十分だろうし、孝弘にとってもむしろそのほうがいいような気もしているからこそ援助を申し出たのだが——頑固な父親のことだ。一度拒絶した以上、なにを言おうと無駄なのは目に見えている。

堪《こら》えていたため息をこぼした和孝は、携帯電話が震えていることに気づく。孝弘だ。

早々に帰ってしまったと知って残念がっているにちがいない、という予想は当たった。

『僕、急いで病院に戻ったけど間に合いませんでした』

言葉どおり、孝弘の呼吸は心なしか乱れている。せっかく愉《たの》しみにしてくれていた孝弘に、気まずいからさっさと立ち去った、なんてとても言えるはずがなかった。

「ごめん。ちょっと用があったから」

嘘でごまかす心苦しさから、つい早口になる。

『うん。忙しいときに来てくれて、お父さんも喜んでました』

なんて台詞だ。小学生の言う台詞ではない。孝弘に気を遣わせるような嘘をついて、いったい自分はなにをやっているのか。

結局、やっていることは父親と似たようなものだ。兄弟だからと口では言いつつ、父親や義母とかかわるのが厭で、たまに電話をする程度ですませていた。

これでは、孝弘がいつまでも遠慮するのは当然だろう。上《う》っ面《つら》の言葉が響かないのは、身に染みているはずなのに。

「そうじゃないんだ」

和孝は、苦い気持ちで携帯を右手から左手に持ち替えた。

「本当は用なんてなかった。ただ俺は――父親とは昔からうまくいかないんだ。どうしてもぎくしゃくしてしまう。でもそれは、俺と孝弘の関係には影響しないことだと思ってる。俺の弟は、世界でただひとりなんだから」

これも、都合のいい言い分だ。バーを押しつけようとする父親となにがちがうというのか。

しかも、孝弘は自分みたいなひねくれ者ではなく、素直で、いい子なぶん始末が悪い。ちゃんと受け入れてもらえるという前提の一方的な言い分なのだ。

『うん』

小さな声の返答に、情けない気持ちになる。

『お父さんも同じことを言ってました。自分は愚かな父親でお兄さんをつらい目に遭わせたけど、とても情が深くて強い子だから、なにかあったときも必ずおまえの味方になってくれるって』

「…………」

不意打ちだった。どんな返答をすればいいのか、言葉がなにも浮かばない。

どうせいま頃、相変わらず可愛《かわい》げがない奴《やつ》だと義母ともどもこぼしているのだろう、いつまで反抗期を続けるつもりかと、うんざりしている様子まで思い描いていたのだ。

格好悪い。

過去に縛られて、立ち止まっていたのは自分ひとりだったということか。

「俺さ」

頭を掻《か》いた和孝は、苦笑いとともに口火を切った。

「俺は、母親の記憶はほとんどないんだけど、綺麗で穏やかで、優しいひとだったらしいんだよ」

物心ついたときにはすでに母親はいなかった。いま記憶にある母親の顔は、どれも写真で見たものだ。

みなが口を揃《そろ》えて、綺麗だった、優しかった、あんなひとは他にいないと誉《ほ》めそやすのを聞いても自分にとっては現実味が薄く、まるで童話のなかのお姫様の話のような感じだった。

そのせいで理想的な母親像を当てはめていたようだ。父親は敵、母親は味方とわかりやすい構図を作り上げて。

「お父さんは頭が固くて、こうと決めたら突き進むタイプだろ？」

『……そう』

塾をやめたいという孝弘の申し出を頭から撥ねつけたらしいが、目に浮かぶようだ。それをよかれと信じ込んでいる父親は、孝弘がどれほど疎外感を抱いているか、これっぽっちも気づかない。

「俺は、父親似だってつくづく思うよ。認めたくないけどな」

嫌悪している親に似るというのは、よく聞く話だ。あるいは、年齢を重ねるごとに似てしまうとも。

自分の性格が、みなの語る母親からはかけ離れているのはまぎれもない事実で、父親と顔を合わせると厭になるほど現実を突きつけられる。

あれほど嫌っていた父親に似ているなんて、落ち込むには十分すぎる事実だがこればかりはどうしようもない。つまりは、単なる同族嫌悪なのだ。

『じゃあ、お兄さんは見た目がお母さん似で、中身がお父さん似だってことですね。僕、お兄さんのお母さんに会ってみたかったです』

「一枚だけ写真を持ってるから、次に会ったときに見せるな」

家を出たあと、一度荷物整理に戻った際、母親の写真を一枚バッグに入れた。誰が撮ったのか知らないが、生後間もない赤ん坊を胸に抱いてほほ笑みを浮かべる母親は、まさに絵画のごとく美しく、なんとなく机の抽斗《ひきだし》にしまっておいたものだ。

いまも、チェストの抽斗に入っている。

『愉しみです』

ふふ、と笑った孝弘に、和孝も頬を緩める。

じゃあ、と電話を切ったときには、先刻までの暗鬱《あんうつ》とした気分は払拭《ふっしょく》され、おかげで頭もずいぶんと冷えていた。

「一度、そのユニオンって会社を訪ねてみるか」

その前に顧問弁護士の榊《さかき》と話をする予定だが、おそらく父親の耳に入ればいい顔をしないはずだ。おまえには迷惑をかけないと、また同じ言葉で一蹴《いっしゅう》する父親の姿が容易に想像できる。

となると、榊のほうはもう仕方ないが、ユニオンコンサルティングファームには息子だとは名乗らず、それとなくどういう会社かチェックしておくのが無難だろう。

なにしろ世の中には怪しい会社が山ほどある。一度その手の会社につけ込まれてしまったら、事業を再建するどころか、根こそぎ奪われてしまう。

疑い過ぎであればいいが、これまでの経験上、どうしても無視できない。BMの会員のなかにも、怪しい会社に騙《だま》されてすべて毟《むし》り取《と》られた者がいたし、表向きは普通の会社に見えて、じつはやくざのフロント企業だったというケースはいくつもあった。

ふたたび震えだした携帯電話を手にとり確認すると、相手は宮原だった。ほぼ週一のペースで来店してくれる宮原は、先週はどうやら忙しかったようで顔を見ていなかった。

「宮原さん、お忙しそうですね」

労《ねぎら》うつもりでそう声をかけた和孝に、

『柚木《ゆぎ》くん、僕はちょっと怒ってるんだよ』

いきなりそんな一言が投げかけられる。

「え……俺、なにかしましたか？」

心当たりがないため、慌てて問い返したところ、拗《す》ねた声が耳に届いた。

『なにも言ってくれないからだよ。お父さん、大変なんだろ？　水くさい！　僕に一番に相談してくれたらよかったのに！』

「あ……」

そのことか。

「相変わらず耳が早いですね」

どこの誰が宮原の耳に入れたのか知らないが、予想していたより早かったというだけで、早晩電話がかかってくるだろうと思っていた。旧華族の出自でBMのオーナーだった宮原の人脈は、自分のそれとは比較にならない。

「じつはまだ俺もよくわかってないんです。父親の事業が傾きかけていることと、コンサルティング会社に再建をお願いしてるってことくらいで」

結局、宮原に面倒をかけるはめになった。もっとももしなにかあったとき、下手に自力で動くより宮原の助言を得たほうが確実だと、過去の事例からはっきりしている。

今回の場合、相談相手として久遠は真っ先に除外した。久遠が動くと、悪い噂に拍車がかかるというのは火を見るより明らかだ。

久遠もそれを承知しているから、傍観しているのだろう。

『それなんだけど、ちょっと怪しいんだよね。ほら、契約農家とのトラブルの件』

さすがというほかない。宮原は、話を聞いてすぐ調べてくれたようだ。

「怪しい、ですか？」

『うん。すごく怪しい。というのも、柚木くんのお父さんがその農家との取引を急にやめたのって、オーガニックを謳《うた》っていながら、実際はそうじゃなかったからなんだよね』

「それじゃあ、やっぱり産地偽装の噂を広めたのって」

　時期的に合致したのは、やはり偶然ではなかったか。ごくりと喉を鳴らした和孝だが、宮原の話にはさらに続きがあった。

『それが、そう単純でもないみたい。その農家のひとが柚木くんのお父さんのお店に乗り込んできた話は聞いてる？』

「あ、はい」

『そのとき、自分は騙されたって叫んでたっていうんだよ。実際、真面目《まじめ》に取り組んでた業者さんだったらしいから、他の取引先も困惑したって聞いた』

　野菜農家も被害者だというのか。父親の店以外の取引先からも切られたのなら、恨みの対象はひとつではないだろう。

　だとしたら、他に悪評を広めた者がいることになる。宮原の話を聞いてよけいにわけがわからなくなり、和孝は考え込む。

「じゃあ、その農家さんと産地偽装の噂はまったく関係がないってことですか？」

　たまたま時期が重なっただけ？　でも、なんとなくしっくりこない。

直後、唐突に久遠との会話を思い出す。久遠は、自分が疑り深いだけだと言ったが――。

時系列に沿って、頭の中で出来事を組み立て直してみる。

小笠原がBMを買収しようと目論《もくろ》んだことが始まりだった。その後BMが火災に見舞われ、小笠原に恨みのある人間が放火犯として逮捕された。小笠原はやくざとのつき合いを取《と》り沙汰《ざた》されたこともあったため、もしかしたら犯人は別にいて、替え玉かもしれないと疑いを持った。

とはいえ、もう終わってしまった以上、みな新たな道を歩むしかなくて、自分は料理学校に通ったすえにPaper Moonを開店したのだが、それが半年あまり前のことだ。

父親の店の産地偽装の噂が立ったのも同じ頃で、そこから一気に経営が悪化していった。だが、それを言うならPaper Moonもだ。亡くなったひとに鞭打《むちう》つ真似はしたくないものの、南川には何度厭な思いをさせられたかしれない。

BMを貶《おとし》められ、反社会的組織が係わっているいかがわしいクラブであるかのように書き立てられたせいで、店から客足が遠退《とおの》いた。実際、いま客を取り戻せてなかったとしたら、父親の経営不振を案じている場合ではなかったはずだ。

もしあのまま冷え込んでいたら……。

「あの」

まさかと思いつつも口を開く。

「いろいろあったことを頭の中で並べたんですが、それらすべてに関係している人間がひとりだけいます」

『そんなの、考えすぎだって』

どうやら宮原も気づいたようだ。だからこそ、否定するのだろう。

「俺ですよね」

恨みを買っているのは父親ではなく、自分だとしたら。BMがなくなったのも、父親の店の経営不振もすべての原因は自分だということになる。

『柚木くん。いくらなんでもそれは飛躍しすぎ。身近で起こったことを並べたら、多かれ少なかれ自分が係わってくるでしょ。さすがにBM関連のことと、柚木くんのお父さんのことは無関係だから』

「それならいいんですが、久遠さんも父親の件では、俺が店を始めた時期と近いのが気になったようで」

久遠との会話を持ち出す。偶然が重なる確率は限りなく低いというあの言葉はそのとおりだし、久遠が安易な発言をするとも思えない。

『久遠さん、柚木くんと関係があるって言ったわけじゃないんだよね？』

「それは、そうです」

『ちゃんと整理するから、聞いて』

そう前置きした宮原に、和孝は唇を引き結んだ。普段は温厚な宮原だが、その必要があると判断するや否やけっしてごまかさず、ときには厳しい言葉も口にする。

だからこそ信用できるのだが。

『BMの買収はアルフレッドの意向が働いたとはいっても小笠原の勇み足で、放火の件は完全にこっちはとばっちり。BMのオーナーだった僕が言うんだから、確かだよ』

噛んで含めるような説明に、妄想めいた考えを垂れ流してしまった自分が恥ずかしくなる。いかに自分が混乱しているか知るには十分だった。

『で、ここからはBMがなくなってからの出来事になる。半年前に、前後してPaper Moonの開店とお父さんのお店の産地偽装の件があったってことだよね。そして、この前の南川さんのこと。犯人が小笠原さんってされてるからBMの買収と関連があるみたいになっているけど、もしちがったらどうだった?』

「え」

『もし小笠原さんが関与してなかった場合、さすがに柚木くんだって全部を自分に繋げて考えなかったよねって意味』

確かにそうだ。BMの放火、南川の死、父親の店のこと。大きな出来事が続けて起きたからすべて関連づけてしまったが、ひとつひとつは場所も目的も異なる。

「はい……たぶん。でも、小笠原さんじゃないなら、誰が犯人なんでしょう」

『さあ。あくまで、いまのは不確定な話だから。いま頃、出頭したホームレスが本人かどうか警察が確認してるんじゃないかな』

現時点で決めつけるのは早計ということだ。

仮定の話をいくら並べたところで答えは出ないだろう。おかげで頭が冷え、和孝は宮原に礼を言った。

『しょうがないって。お父さんのことなんだし、焦るよね。柚木くんのお父さん、仕事に関しては相当ストイックなひとで、食材にしても調理にしても接客にしてもかなり厳しい指導をしてらしたって聞くから、耐えられずにやめたスタッフも少なからずいるみたい』

「たぶん頭ごなしに叱《しか》ったんでしょうね」

息子に対してもスタッフに対しても聞く耳を持たず、一方的に言いたいことだけ言うのは昔から父親のやり方だった。

もしくは、なにも言わずにいきなり突き放すか。

いまどき、長くきつい下積みなんて時世に合わない。スタッフはさぞ悔しい思いで去っていったにちがいなかった。

『プロなんだから、厳しいのは当然だと思うけど。とにかく調べてみる価値はあると思う』

ようするに、あちこちに敵がいるというわけだ。野菜農家。やめさせられたスタッフ。

同業者という線もなきにしもあらずか。

『まずは敵を知ることからだから、もう少し待ってて』

「すみません。結局、頼ってしまって」

『だから！　それが水くさいって言ってるの。僕が好きで首を突っ込むんだから、柚木くんが謝る必要ない』

宮原らしい言葉にまた礼を言い、それを最後に電話を終える。

携帯をテーブルに戻したあと、落ち着いて宮原との話を一から考えた。

わかったことがいくつかあった。調べてみると言ったくらいなので、宮原も父親の店の悪評が出た時期とPaper Moonの開店がほぼ同じ時期であることは引っかかるようだ。偶然が重なる確率は低いと、久遠と同じ考えなのだろう。

もうひとつ、こちらはさらに重要だ。不確定の話と断ったとはいえ、南川を死に追いやった犯人は他にいるという可能性を宮原は示唆した。あるいは、小笠原に手を下させた者がいると。

いったいそれは誰なのか。

「……俺にわかるわけないいか」

裏稼業に関して自分が知っていることなど皆無に等しい。久遠はほとんどなにも話さないし、聞いたとしても理解できないことだらけに決まっている。

久遠の周囲では、常にトラブルが起こる。職業上仕方がないのだとしても、平穏な期間のほうが少ない。

むしろ三島《みしま》が四代目の座について以降は、たとえ表面上だけだとしても比較的落ち着いた生活を送れていたはずなのに、ここへきてまた厄介事が降りかかってくるなんて――。

いくら気を揉《も》んだところで無意味だと承知で、久遠の身を案じるのももはや習慣となってしまった。身体が芯《しん》から冷え切るような不安は、たとえ久遠がこの先五代目になったとしても変わらないような気がしている。

もし心から安堵できる日が来るとしたら、それはきっと久遠がいまの仕事から完全に足を洗い、この場所ではない、どこか遠くへ行ったときだろう。

ふたりで。

「…………」

引き摺りすぎだろ、と先日の自身の無謀な行動を思い出した和孝は、ばつの悪さもあって顔をしかめた。

久遠が五代目を目指すからには、自分も腰を据えてどっしりと構えておかなくてはならない。今後木島組は、いままで以上に苛烈《かれつ》な状況になると考えられるのだ。

そう頭では理解していても、心の片隅にまだ仄《ほの》かな甘さがくすぶっている。と同時に、なぜだか昔、雨に打たれながら初めて久遠に出会ったときの気持ちを思い出していた。

5

昼の休憩中、どうやって話すべきか迷ったすえ、直球で切り出す。

「じつは昨日、父親の見舞いに行ってきた」

こんな話を自らする理由はひとつ。いたって普段どおり、なにも聞いてこない津守《つもり》と村《むら》方《かた》の気遣いが言葉の端々や空気で伝わってくるからだ。

いつものようにカウンター席で並んで賄《まかな》い飯《めし》をとったあと、夜の部の準備をする傍ら、できるだけ軽い口調で話し始める。

「想像していた以上に老けてて面食らったんだけど、命に別状なさそうだし、息子の厚意は無下にするし、まあ、昔どおりでなによりだった」

村方が笑みを浮かべ、津守は肩をすくめた。

「親父《おやじ》って奴《やつ》は、歳《とし》をとるとなおさら頑固になるよな」

と津守が言えば、

「わかる。うちの父親なんか最近妙に構ってちゃんで、姉にうっとうしがられてもぜんぜんめげませんからね。ある意味、メンタル強すぎなんですよね～」

村方が呆《あき》れた様子で天を仰ぐ。

だが、ふたりとも自分とはちがい、口調や表情に親しさが滲《にじ》んでいて、まっとうな家族はこういう感じなのかと、まるでテレビドラマでも観《み》ているような感覚になった。

羨《うらや》ましい、とならないところが、やはり自分はどこかおかしいのだろう。父親ばかりを責められないのは、こういう部分だった。

「一円も俺からは受け取らないってさ。コンサルティング会社に再建を頼んだみたいだから、俺としては任せるしかない状況」

もとより、孝弘《たかひろ》とは密に連絡を取り合うつもりだ。まだ子どもで我《わ》が儘《まま》を言いたい年齢にもかかわらず、周りの大人たちがあまりに腑甲斐《ふがい》ないせいでよけいな気遣いをさせてしまっている。

「孝弘くんは、気丈な子だな」

津守も気にかけてくれているようだ。

「あの子、ぎりぎりまで我慢しそうで心配ですよね。そういうところ、オーナーとやっぱり兄弟だなって」

だが、村方のこの一言は意外で、目を瞬《しばた》かせる。

「俺とそっくり？　まさか。俺はあんなにいい子じゃなかった」

手や爪《つめ》といった見た目ならまだしも、中身もとなると複雑だ。不肖の兄と性格が似ていると言われたのでは孝弘が可哀想《かわいそう》だし、両親が聞けば厭《いや》がるはずだ。

「根本は似てるな。孝弘くん、なかなか意地っ張りだと思うぞ？」

だが、津守にまで肯定されると妙な心地になり、ほんとかよ、と心中でこぼした。

この世の中で、たったひとり血の繋《つな》がった弟だ。親と絶縁し、家族、家庭がどんなものなのか知らなかった自分に、それらを認識させたのが孝弘だった。

口でなんと言おうと、やはり嬉《うれ》しい。ことさらに兄弟という存在を噛《か》み締《し》める。

「俺と孝弘、そんなに似てるかな」

柄にもなく照れくささを覚えつつ、問う。

「似てる似てる」

「似てますよ！　兄弟なんだから当然でしょう。孝弘くんもきっと大人になったら、イケメンシェフになりますね」

ふたりに太鼓判を押され、鼻の頭を掻《か》いた。

「父親が聞いたら、家出されるんじゃないかってびくびくするな」

同じ失敗をしたくないと父親が言ったとき、自分は失敗作かとつい反論した。だが、誰よりそれを望んでいるのはおそらく和孝《かずたか》自身だ。

自分には難しかったが、仲睦《なかむつ》まじい家族であってほしい。その思いは本心からだった。

「あ。村方くん。孝弘はシェフになるって決まってないから」

まだ小学生、孝弘の未来は明るい。強く望めばなんにだってなれるし、夢を叶《かな》えてほしいと思っている。だからこそ、援助を申し出たのだが。

「俺、一回そのコンサルティング会社に行ってみようと思ってるんだ」

和孝がそう言うと、ふたりが賛同する。宮原《みやはら》、津守、村方。三人がいてくれて、これほど心強いことはなかった。

あとは——月の雫《しずく》だ。断るにしても、いずれふたりに相談する必要がある。

なんにしても月の雫に固執したところで父親にはなんのメリットもない。売れば赤字の補塡《ほてん》になるが、このままでは負債が増えていく一方なのだ。

厨房《ちゅうぼう》でディナーの準備にかかった和孝は、どうやったら父親が折れるか、せめて学費の返済分を受け取ってくれるかを考えていたが、いい案はなにも浮かばないまま開店時刻を迎えた。

夜の部の客は、カップルやファミリー、女性グループがメインになる。最近ではおひとり様も増えてきて、なかには相席したのがきっかけで親しくなったという常連客もいた。

「いらっしゃいませ。おひとりですか?」

津守がひとりで入ってきたスーツ姿の男性をカウンター席に案内する。三十代半ばだろうその男の顔に目を留めた和孝は、あれ?　と首を傾《かし》げた。

上等なスーツ、少しウェーブのかかった髪、やわらかな物腰。どこかで会ったような気がする。

でも、いったいどこで？

頭をフル回転させている間に、男は津守に案内されてカウンター席についた。

「なるほど、いい店ですね」

男が笑みを浮かべたそのとき、視線が合う。

「僕のこと、憶《おぼ》えてますか」

優しい笑顔だ。感じもいい。仕立てのいいスーツに左手首のオーデマ・ピゲ。少し目尻《めじり》の下がった、穏やかな面差し。

「ああ……」

思い出した。あのときの男だ。

父親のバー、月の雫に足を運んだ際、まるで洋画のワンシーンさながらに馴染《なじ》んだ様子でマティーニを寄越した男。

月の雫のカウンター席には溶け込んでいたが、Paper Moon《ペーパームーン》だと浮いて見える。

「思い出してくれましたか」

「はい」

今度は和孝も笑顔を返す。が、当然腹の中はちがう。男に対する警戒心、猜疑《さいぎ》心が湧《わ》き上《あ》がってきた。

それはそうだろう。父親のバーで会ったと思ったら、もう店に押しかけてきたのだ。こ

んな偶然はない。自分が息子だと知っているのだ。となると、なんらかの意図があると考えるのが普通だ。

「先日は失礼しました」

マティーニのことだ。

「こちらこそ申し訳ありません。見ず知らずの方からのお酒はお断りすることに決めているので」

営業スマイルで応じる。

「ああ、先に名乗るべきでした」

男が内ポケットから取り出した名刺を受け取った和孝は、そこに目を落とした。

榊《さかき》弁護士事務所　榊洋志郎《ようじろう》

「あ」

「僕としてはサプライズのつもりだったんですが、警戒させちゃったみたいですみません」

確かに、これには驚かされた。メールのやりとりで来週会う約束をした矢先に、突然向こうからやってきたのだ。

「すみません。まさか今日いらっしゃるとは思わなかったので」

「そうですよね。ちょっと時間があいたのでつい――驚かせてしまいました」

申し訳なさそうに、榊がウェーブのかかった髪を掻く。好印象に惑わされるほど初心《うぶ》ではない。優しげな風貌《ふうぼう》で、中身は非情という人間ならBM《ビーエム》で厭というほど見てきた。

だが、榊は話し方にも仕種《しぐさ》にも品があり、まっとうに生きてきた人間ならではの育ちのよさが表れていた。

「月の雫で会ったのは偶然なんですが、じつは以前にもお会いしたことがあるんですよ」

「そうなんですか？」

いったいどこでだろう。もし会っていたなら、記憶に残っていてもいいはずなのに。

「一度はBMで」

返ってきたのは予想外の一言だった。榊洋志郎という名前に憶えはない。

「BMはいいクラブだったのに、残念でしたね」

「――はい」

会員ではないのは確かだ。会員の名前と顔は、いまでもすべて頭に入っている。となると、同伴者か。

同伴者の素性は不問というのは、BMの約束事のひとつだった。会員は誰を連れてきてもいいが、その代わりトラブル等になったときは自己責任になる。

榊が会員に同伴してBMに来ていたとしても、なにも不思議ではなかった。

「新城《しんじょう》さんも残念がってましたよ」

こちらの名前はよく知っている。創業が明治三年の老舗《しにせ》企業の社長で、ＢＭの会員だった。スタッフの間でも新城は評判がよく、一言で言えば粋《いき》という表現の似合う紳士だ。

「父が、お世話になってます。それから、先日は遅い時間にありがとうございました」

和孝は先入観を捨て、改めて挨拶《あいさつ》をする。父親の顧問弁護士に嫌われては元も子もない。

「いえいえ……でも、なんというか、こんなことってあるんですね」

榊が、照れくさそうに片笑んだ。

「柚木《ゆぎ》くんの美貌《びぼう》で、ＢＭのマネージャーだったなら引く手数多《あまた》だったでしょうに、お父さんと同じ職業につくなんて——自慢の息子と言われるわけです。息子とは疎遠だと仰《おっしゃ》ってましたが、立派な後継ぎで柚木さんは幸せですね」

作り笑いで受け流したのは、榊が客だからにほかならない。もし別の場所で会っていたなら、後継ぎなんて冗談はやめてくださいと突っぱねただろう。

自慢の息子なんて言っていいのは、まっとうな親子関係を築いている者だけだ。なにより、いくら顧問弁護士とはいえ、父親が榊にそういう話をしていたという事実に衝撃を受ける。よほど榊を信頼しているのか、それとも身体《からだ》を壊して気弱になっているのか。

病床の父親の姿が頭に浮かんできて、苦い気持ちになる。

優しい言葉ひとつかけられなかった。いい歳をして顔を合わせるたびに険悪なムードになるなんて、端から見ればさぞ滑稽《こっけい》だろう。

「ご注文は？」

いいタイミングで津守が割って入る。

「え。ああ――そうだな。じゃあ、このガヤにしようかな。それから、マグロのタルタルとアボカドのフリッタータを」

「ロッシィ・バスですね」

津守に向かって頷《うなず》き、和孝は本来の仕事、調理に取りかかる。内心では榊のことが気になってたまらなかったが、精一杯の努力でごく普通に接した。

「おいしいな」

客としての榊には不満ひとつなかった。マナーはよく、おいしいと笑顔で言ってくれる、むしろ最高の客だ。

榊は二杯ほどワインを飲み、席を立った。

改めて来週の日時を確認し、帰っていく彼を見送る。その後、忙しく働いていた間は忘れていたが、店を閉めた途端に榊の顔が頭によみがえってきた。

今日店に来たのは、どういう息子かチェックするためか。先日のマティーニはどうかと思うが、年下の自分への態度もよく、ぐいぐい押してくるタイプの弁護士ではなさそうでケチのつけようがなかった。

それに、新城と交流があることもポイントが高い。

「ちゃんとしたひとだったな」

どうやら津守の受けた印象も自分と同じだったらしい。

村方は村方で、別の視点からの意見を述べる。

「優男《やさおとこ》に見えて、なかなか仕事はできるみたいですし。スーツ、イザイアでしたね。イタリアブランドをちゃんと着こなしてましたよ。少なくともお金に困っているような弁護士じゃないみたいです」

腕時計には目を留めたが、スーツのブランドまで意識が向かわなかった。さすが村方だ。

「でも、一応、父に評判を聞いてみますか？」

村方の父親は著名な弁護士だ。念には念を入れて確認してみてもいいだろう。もしそこでも評判がいいようなら、安心してすべてを任せられる。

「悪いな。お願いできるか？」

村方の申し出をありがたく受けた和孝は、その後片づけをすませて店の前で津守と村方と別れると、徒歩で帰路についた。

頰《ほお》に触れる夜気は一段と冷たい。

「そりゃそうか。もう十一月も終わりだしな」

夜空を仰ぐ。厚い雲に覆われているせいで、今日は月が隠れて見えない。そういえば明日は雨の予報だったか、と今朝のニュースを思い出しつつ自宅を目指した。

耳に届くのは、電車の音と微《かす》かな喧噪《けんそう》。

――柚木くんの美貌で、ＢＭのマネージャーだったなら引く手数多だったでしょうに、お父さんと同じ職業につくなんて――自慢の息子と言われるわけです。息子とは疎遠だと仰ってましたが、立派な後継ぎで柚木さんは幸せですね。

榊の言葉を思い出すと、さっきは厭な気持ちになったのに、いまはまるで他人事《ひとごと》のような感じがする。同じ職業を選んでおきながら、後継ぎなんて、少しもそういう考えには至らなかった。

事実、自慢の息子も後継ぎも自分には縁のないものだ。真逆だと言ってもいい。

「親が親なら、子も子か」

急におかしくなり、和孝は吹き出す。久遠《くどう》に言えばきっと、いまさらかと呆れるにちがいない。

上空では相変わらず雲が張り出しているものの、隙間《すきま》からうっすらと月が覗《のぞ》き、微かな明かりで地上を照らしている。夜空を見上げたままコートのポケットに両手を突っ込んだ和孝は、マンションまでの残り数十メートルを小走りで急いだ。

6

薄暗い路地裏で、青褪《あおざ》めた顔を眺めつつ、有坂《ありさか》はさらに一歩距離を縮める。

「なんだって？」

通常の場合、組の若頭補佐が雑事も同然の汚れ仕事に出向くことはない。が、木島《きじま》組の場合、ごく稀《まれ》ではあるものの必要と判断すれば、補佐本人が足を運ぶこともけっして少なくはなかった。

若い頃は木島組の特攻隊長を自任していただけに気がはやるのか、もともとの性分なのか。有坂が血の気の多い若衆をまとめ、行動をともにするのは、組内以外でも周知の事実だった。

「こ、困りますっ」

噴き出す汗をしきりに拭《ぬぐ》っているのは、事務所にも何度か顔を出したことのあるまだ若い男だ。

そのときは組員に対して無言の威嚇、ときには言葉で凄《すご》んでいたが、いまはすっかり縮こまってまるで別人のようだ。

それも当然で、彼、黒木章太《くろきしょうた》の父親には多額の借金があった。ブライトローンは表向きどこにでもある金融会社に見えて、そのじつ木島組が経営しているフロント企業だ。

ギャンブルのせいで黒木の父親は他にもいくつか借金があり、首が回らない状況に陥っている。

そこに目をつけられ、息子である黒木はこれまでの借金と引き換えに警察の情報を流すという取引に応じてしまった。

いや、応じるしかない状況に追い込まれてしまったのだ。仕事柄上司にバレたくないという自己保身、なにより家族を守りたいという気持ちが、かえって深みにはまる原因となった。

「こんな、ところまで押しかけてくるなんてっ」

きょろきょろと周囲を見回すのは、場所が職場に近いせいだろう。いつ同僚に、なにより相棒である高山《たかやま》に知られるかと恐れるのは当然のことだった。

「ああ？　なんだって？　なにが困るって？」

「てめえ、自分の立場わかってんのか？」

背後にいる、見るからに柄の悪い組員ふたりが嚙《か》みついたせいでいっそう青くなり、震え始めた彼を見て、有坂は厳《いか》つい顔をしかめて部下を叱《しか》り飛《と》ばす。

「おまえらは口を閉じてろ。それじゃあ、まるでこっちが強要してるみてえじゃねえか」

はい、と組員たちはすぐにおとなしくなったが、おそらくこれも筋書きどおりだ。──

瞬、黒木の表情に安堵《あんど》の色が浮かぶ。

もとより有坂は親切心で叱責《しっせき》したわけではないし、黒木が窮地にあることには変わりはないが。

「べつにあんたを困らせたいわけじゃない。俺だってこんなところまで来たくなかったんだ。ちょっと情報くれたらすぐ帰るから」

笑顔で肩を叩《たた》く有坂に、黒木がとうとう口を開く。

「南川《みなみかわ》の事件で、捜一と組対四課、どっちが優先的にやるかで揉《も》めてました」

組織犯罪対策部が出てきたのは、一記者の死ではすまないと踏んでのことだ。

「で？」

「今回は……結局、組対が担当することになって……新しい展開はこれくらいです。もう勘弁してくださいっ」

顔を歪《ゆが》めて懇願する黒木の肩を再度、労《ねぎら》うように叩いた有坂は言葉どおり踵《きびす》を返し、部下を引き連れて去っていく。

「ありがとな。また」

と、黒木にしてみれば恐ろしい台詞《せりふ》を残して。

茫然《ぼうぜん》と立ち尽くす黒木に対して、有坂の表情も満足感にはほど遠い。木島組にとって南川の事件は正念場になると把握しているためだ。

それは有坂に限ったことではなく、上層部すべての総意でもあった。

デスクについたまま、久遠《くどう》は有坂の話に耳を傾ける。若い頃は血の気の多かった有坂も年齢を重ねたいまはずいぶん落ち着いたとはいえ、情に脆《もろ》いところは相変わらずだ。先日も、可愛《かわい》がっている組員に子どもが生まれた際には祖父以上に号泣し、ベビーベッドやら玩具《がんぐ》やらを買《か》い揃《そろ》えたと聞く。

「組対が出てくるとなると、厄介ですね」

上総《かずさ》の言葉に無言で顎《あご》を引くと、どうやって今回の件を終わらせればもっとも軽傷ですむか、そのことに思考を向けた。

仮にいま砂川《すなかわ》組の残党が捕まったとしたら、彼らはおそらく木島組に命じられてことを起こし、南川を殺《あや》めたと嘯《うそぶ》くにちがいない。端《はな》から討ち死に覚悟である以上、けっして真相を語ることはないはずだ。

しかも捕まる可能性は高い。ここまできたら、自ら出頭することも考えられる。

喜ぶのは、警察と黒幕だ。

そうさせないために大沢《おおさわ》を泳がせ、黒幕と接触するのを待っている段階だが——組対が乗り出したとなると悠長にはしていられない。

下の者の不始末でも使用者責任で組長を引っ張れる現在の暴力団対策法を盾に、喜々として木島組を潰《つぶ》しにかかるに決まっている。

「大沢を締め上げましょうや」

有坂の提案を一蹴《いっしゅう》するまでもなく、上総が首を横に振る。

「おそらく吐かないし、いま下手を打てばこっちが危うくなる」

「だったら、どうすりゃいいですか」

いまの状況は、有坂にはさぞもどかしいだろう。しかし、大沢の名が警察に漏れた可能性がある以上、本人を直接締め上げるという策は選択肢から外すほうが賢明だった。

「くそっ」

有坂が地団駄を踏む。

「上総、あの男はどうしてる?」

そろそろ登場してもらう頃合いかもしれない。

「酒にドラッグ。女。思い切り人生を謳歌《おうか》してますよ」

さながら酒池肉林というヤツか。野心家ほど快楽には弱い傾向がある。

一度快楽に溺《おぼ》れると、まず通常の生活に戻るのは難しい。それは彼に限った話ではなく、誰もが陥りかねない罠《わな》だ。

「そうか」

果たしてどのタイミングで使うか、思案していたちょうどそのとき、待ちに待った報告が飛び込んできた。

ドアをノックし、名乗った伊塚《いづか》を部屋へ通す。伊塚は医学部を出ているだけあって頭が回る男で、今度の件では尾行のまとめ役を任せた。

一礼し、デスクの傍《そば》までやってきた伊塚がさっそく口火を切る。

「大沢が、斉藤《さいとう》組の若頭補佐と接触しました。いま仲邑《なかむら》がついてますが、料亭の個室に入ったので当分出てこないと思われます」

やっとか。相手が斉藤組と聞き、少しの意外性もないことに失望を禁じ得なかった。

半面、もっとも避けたかった事態になったことに、覚えず眉根《まゆね》が寄る。

「いやいや、斉藤組が恨む相手はうちじゃなくて四代目じゃねえのか？　植草《うえくさ》をはめたのは、結城《ゆうき》組なんだからよ」

はあ？　と有坂が突飛な声を上げる。確かにそうだと、久遠にしてもとばっちりを被ったような感覚は拭い切れなかった。

有坂の言ったとおり、跡目争いの際に斉藤組の前組長、植草《あずか》をはめたのは三島《みしま》だ。自分も後押しする格好にはなったとはいえ、三島がどう出るかは与り知らぬことだった。

無論、予測はしていたが、他の手もあったなか強硬策に出たのは三島の判断だ。

しかも、その後三島は斉藤組を幹部からも執行部からも排除した。三島の思惑どおり斉藤組の力は見る間に弱体化していき、いまとなってはすべて過去の栄光、縮小の一途をたどっている。

「下がっていい」

伊塚が出ていくのを待ってから、上総が重い口を開いた。

「植草さんは、うちの組長を目の敵《かたき》にしてましたね」

上総の言葉がすべてを物語っている。四代目の候補に名前が挙がる前から、植草はなにかと突っかかってきた。

木島の親分は金集めもうまけりゃ上に取り入るのも得意と見える、とあのへらへらした半笑いと嫌みには飽き飽きしていた。

ようは嫉妬《しっと》深《ぶか》いのだ。自分より若造でありながら三代目に目をかけられているとなれば、さぞ憎くてたまらなかっただろう。

三島は、単純に植草を嫌っていた。表面上はゴルフに酒席にと親しくつき合っていながら、陰では心底侮蔑《ぶべつ》していたのだ。

「四代目が、うちがやったとでも仄《ほの》めかしたんじゃねえですか？」

その可能性も大いにある。今度の件では、斉藤組が関与していると最初から知っていながら三島が素知らぬ顔をしていたのだとしても、少しも驚かない。

「しゃらくせえ」

有坂がふん、と鼻を鳴らした。

「こうなった以上、うちに喧嘩《けんか》売ったらどうなるか、目にものを見せてやりましょうぜ」

気を吐く有坂に反して、上総の表情は硬い。その理由は当然久遠も熟知している。

「植草さんも、頭の痛い置き土産をしてくれましたね」

「ああ」

ある意味、三島よりも厄介だ。一連の事件で久遠がすぐに手を打たなかったのは、こうなることを考えたからにほかならなかった。

もっとも避けたかった事態だと言ってもいい。

植草はやくざの盃《さかずき》など微塵《みじん》も信じておらず、戦国時代の武将さながらに自身の娘や息子、姪《めい》や甥《おい》を使って婚姻関係を結ぶことで不動清和会《ふどうせいわかい》内に親族を増やしていった。

ようは、あちこちに植草の血がばらまかれているということだ。

「身内」「一族」「親戚《しんせき》」とことあるごとにアピールしていたため、会内でそれを知らない者はいない。

執行部、幹部のなかにも植草の親族は当然いる。八重樫《やえがし》、岡部《おかべ》もそうだ。

三島にしてみれば、四代目争いは植草を潰す好機だったにちがいない。

「顧問の娘婿も、確か植草の甥だったたか」

孫の写真をみなに見せつつ、相好を崩していた顧問の顔を思い出すと、ため息がこぼれそうになる。

誰が今回の件に手を貸しているのか、ひとりひとり見極めていかなければならないことを考えると気重になるのは致し方なかった。

有坂が、じれったそうに唸《うな》る。そして、

「どっちにしても斉藤組はぶっ潰すんですよね。そしたら、手を貸してた奴《やつ》らだって黙るしかなくなる」

ぎらぎらとした目つきで、吐き捨てる。

「大義名分が必要だ」

久遠は、上総と有坂、ふたりにそう答えた。もとより大義名分はいくらでも作れるという意味だった。

ただし慎重に進める必要がある。三次団体である砂川組を解散に追い込むのとはわけがちがう。まがりなりにも斉藤組は直系だ。

ここからはひとつでも失態をさらせば、逆にこちらの首が飛びかねない。

「まだ誰にも話すな。しばらくは俺と上総と有坂、三人の胸にひそめておくぞ」

組員によけいな不安を与えないためと、外部に漏らさないため、ふたつの理由からふたりにそう命じる。

上総と有坂が深く頷《うなず》いた。

ふたりが部屋を出ていったあと、久遠は煙草《たばこ》を唇にのせる。あえて無心で一服すると、携帯電話を手に取った。

『嬉《うれ》しいなあ。久遠さんから電話がかかってくるなんて』

相変わらずの鈴屋《すずや》の反応を受け流し、前置きなしで本題に入る。

「頼みがある」

『頼み？　久遠さんが、俺に？』

鈴屋が驚くのも無理はない。三代目の甥、同じ会の人間とはいえ、鈴屋は別の組織のトップだ。

頼み事をする代償はけっして安くはない。

『いや、そりゃあ、久遠さんの頼みなら喜んで受けますよ？　けど、なんで俺なのかなあって』

「鈴屋が、三代目の実姉の息子だからだ」

数秒の間が空く。

『あー、そういうことですか』

その短い間で言わんとしていることを正確に理解したらしい。

『俺が一般家庭で育ったからでしょ？　こっちになんの縁故もない』

で、と鈴屋は続ける。

『木島組の名前が出ないほうが都合がいい頼み事、ってわけですよね』

察しのいい人間は説明の手間が省《はぶ》けて助かる。

「植草の縁故関係をすべて洗い出してくれ」

『植草さんね。なるほど。あのひと、死んでからも厄介なんですね。ところで、うちの先々代と斉藤組が浅からぬ関係だったたっていうのはご存じですか？』

「ああ」

三代目の義父と斉藤組の先々代は兄弟盃を交わした仲だ。植草と直接の血縁はないうえ、代替わりしてからは冠婚葬祭のみのつき合いになったと聞いているものの、鈴屋の言ったように「浅からぬ関係」に変わりはない。

おそらく斉藤組の先々代に同伴する形で植草は何度も三代目、その息子である慧一《けいいち》と顔を合わせているはずだった。

『そうか。その手があったか。確かに、もし俺が慧一くんだったら、叔父さんの目の届かない斉藤組と手を組むな。先方にとっても慧一くんの力添えはありがたいだろうし』

ふっと、鈴屋が笑う。目の前のゲームに挑むかのように眼鏡の奥の瞳《ひとみ》を輝かせている様が手に取るようにわかった。

『いや〜、それにしても久遠さんが全面的に俺を信じてくれて、光栄だなあ』

全面的に信じているわけではないが、それを鈴屋に言う必要はないだろう。いまは、いかにうまくすり抜けてゴールに辿《たど》り着けるか、重要なのはそのことだった。

用件のみで電話を終える。携帯が、デスクに置いたタイミングで震えだした。宮原《みやはら》だ。

『いま大丈夫？』

「ああ」

宮原の用件は、和孝《かずたか》のことにほかならない。先日、和孝の父親の店がうまくいっていないという話を宮原の耳に入れた。飲食業に関して宮原はエキスパートだ。

——もはや柚木《ゆぎ》くんの親の気分。柚木くんには幸せになってほしいんだ。

常々そう口にしている彼の言葉は、本心からだろう。自分が見つけて育てたという自負があるらしいが、和孝にしても宮原のことは手放しで信頼しているようだ。

それは自分も同じで、組がこういう状況に置かれているいま、和孝の身辺を任せられるのは宮原のみだと言える。

『やっぱりいろいろおかしいんだ。柚木くん、全部自分がかかわってるって疑ってて、さすがにそれはないって否定したんだけど——お父さんの件に関しては、もしかしたら柚木くんの勘は当たってるかも』

無言で先を促すと、宮原は固い声で言葉を重ねた。

『久遠さんが言ってたとおり、時期は重要だと思う。お父さんが契約を切って、悪評が立ったのと柚木くんがPaper《ペーパー》 Moon《ムーン》を始めたのが同じ頃って、やっぱり偶然とは思えない。お父さん、前後して顧問弁護士替えてるんだよね』

「誰だ?」

『榊洋志郎《さかきようじろう》。やり手だって話。すごく努力家らしくて、仲間うちでもあまり悪い評判は聞かない』

父親が顧問弁護士を替えた事実は看過できない。時期はもとより、替えた理由も気になる。

「すまないが、その弁護士の過去を洗ってくれないか」

そう言うと、当然でしょうと返答があった。

『もしその弁護士がうちの子を困らせているなら、僕にとっても敵だから』

頼もしい言葉だ。

『一応、津守《つもり》くんにも話すよ。警護が必要になるかもしれないから』

「そうだな」

短いやりとりで電話を切った久遠は、

「榊洋志郎、か」

その名を口にした。その男が関係しているのは間違いないだろう。なんらかの目的を持って父親に近づいたのだとすれば、用心する必要がある。回りくどい手順も辞さない、辛抱強い男だということだ。

それにしても、よりにもよってこんなときに。

眉《まゆ》をひそめたものの、すぐに誤りに気づいた。

よりにもよって、ではない。再会して以降、トラブル続きだった。巻き込まれた和孝にしてみれば災難だと言えるが、この先も安心とは無縁だ。

自分の傍にいる限り。

それでも手放さないのは、エゴ以外のなにものでもないだろう。危険にさらすと承知していながら、手放せないのだ。

宮原の敵は、自分こそだな。

自嘲《じちょう》した久遠は二本目の煙草に火をつけ、深く煙を吸い込んだ。

その頃、和孝は榊弁護士事務所の応接室にいた。やけに緊張するのは、自分の用事ではないからだろうと自己分析しながら。

自分のことであれば、自力でなんとかしなければと腹がくくれる。自分ではどうにもならないことだからこそ落ち着かず、神経質になるのだ。

榊の事務所は、青山のメイン通りに面しているビルの八階にあった。綺麗《きれい》でお洒落《しゃれ》な事務所を見る限り榊が成功者であることは間違いない。

村方の父親も手放しで褒めていたという。

「どうぞ」

茶を出してくれた女性に礼を言うと、彼女が応接室を出ていくのを待って、からからに渇いた喉《のど》を湿らせるために茶を口に含んだ。あとは、榊の話を聞くだけだ。

「お待たせしてすみません」

まもなくして榊が姿を見せる。今日も上等なスーツを身に着け、やわらかな雰囲気を纏《まと》っている榊は、和孝が抱いている弁護士のイメージからはかけ離れている。BM《ビーエム》に勤めていた頃、会員のなかに弁護士がいたし、トラブルで世話になったこともあったが、彼らは総じて圧が強く、いかにもなオーラがあった。

「今日は、お時間をとっていただいてありがとうございます」

席を立った和孝は、慇懃《いんぎん》に頭を下げる。昼休憩の合間に時間を作ってもらったこともあって、申し訳ないという気持ちが先に立った。

「お父さんを心配する気持ちは、僕もよくわかりますから」

榊の言葉に、黙礼で応じる。

自分がここにいるのは、心配とは別の理由からだ。まだ弱気になってもらっては困る、孝弘《たかひろ》のためにもしゃんとしてもらわなければならなかった。

「榊先生は、コンサルティング会社からなにか聞かれてますか？」

一番重要なのは、再建できるかどうか。縮小する場合、バーを手放すべきだとコンサルティング会社からはもとより榊からも説得してほしかった。

自分では、いくら言っても父親は耳を貸さない。意地の張り合いになる。

「そうですね。ユニオンさんは、不可能ではないと仰《おっしゃ》ってますが、それはうまく悪い噂《うわさ》が拭えた場合という前提です」

無理と結論づけられたも同然だろう。一度広まった悪評が、簡単に払拭《ふっしょく》できるような世の中の経営者の悩みは半減するはずだ。

和孝自身、先日まで同じ目に遭ってきたので痛いほど実感していた。

「難しいですよね。悪い噂ほどよく広まりますから」

あきらめの境地で答える。

産地偽装の件にしても、言いだした張本人は店を潰すのが目的ではなかったかもしれない。困らせてやりたい、程度の軽い気持ちでネットに書き込んだ可能性も多分にある。やられたほうはたまったものではない。見ず知らずの人間の悪意のせいで、店が潰れるほどの窮地に立たされるのだ。

犯人を特定するのが困難だというのもそこにはある。

結局泣き寝入りするしかないのが現実で、店を畳むにしても金はかかるためできるだけ傷の浅いうちに買い取ってもらうのが得策だ。と、それを榊に告げる。

「あきらめるには早すぎますよ」

榊が渋い顔でかぶりを振った。

「お父さんは畳むことは望んでません。一緒に頑張りましょう。お父さんと、僕と柚木くんで」

「でも、頑張ってどうにかなる話じゃないですよね」

励ましてくれるのはありがたいが、父親によけいな期待を持たせないでほしいと言外に頼む。すると榊が、テーブルの上に置いた資料を開いた。

「お父さんは、柚木くんに月の雫《しずく》を譲りたいと仰ってます。僕もそれがいいと思ってます。贈与という形になるでしょうが、柚木くんならうまくやっていけるでしょうし、お父さんはレストラン二軒に集中してもらって」

「待ってください」

榊の口上をさえぎる。

月の雫に関しては、父親からも聞いた。だが、Paper Moon で手一杯の現状で、バーも経営するなどいまの自分では到底無理だ。

「自分の店があるので、現実問題、そっちまで手が回りません」

一瞬、榊の顔に影が落ちる。顧問弁護士として父親のことを憂慮してくれているのだとしても、ことがことだけに軽々しく承諾するわけにはいかなかった。

「柚木くん」

榊が組んでいた手をほどき、身を乗り出してくる。

真剣そのものの表情には、こちらが押されるほどだ。

「お父さんの話は聞きましたか？　ＢＭがなくなって、きっと息子は気落ちしているだろうとひどく案じておられましたよ。柚木くん、お父さんはきみのために月の雫を始める決心をしたんです」

「…………」

それが迷惑だと言っているのだ。思わず顔をしかめてしまったせいで自分の心情が伝わったのか、榊はスーツの肩を上下させて言葉を重ねていく。

「こういうことを僕が言うのはいけないのかもしれません。でも、いまはお父さんの友人として、話をしてます。お父さん自身は、小さな店で一からやり直してもいいと仰っています。きみのための月の雫が他人の手に渡れば、きっとがっかりされるでしょう。べつにPaper Moonから乗り換えてほしいわけではないんですよ。柚木くんに、せめてバーを残したいと、お父さんの望みはそれだけです」

「…………」

熱い説得に心が揺れたわけではない。むしろ、せめてバーを残したいなんて一方的な感情を押しつけられてもと、苛々《いらいら》が募ってくる。一方で、自分ならもっとうまくやっていたという、意地に似た対抗心がこみ上げてきた。

月の雫自体はいいバーだ。手放す場合、きっと買い手はすぐにつく。けれど誰だかわからない買い手よりも自分のほうがうまくやれる、と。

「……そうですか」

そんなに俺にやらせたいなら、やってやろうじゃないか。あんたが潰しかけている店を、俺の手でよみがえらせてやる。

「でも、贈与は拒否します。相場の値段を提示してください。俺が買い取るので」

「それは……しかし、お父さんが承知されないでしょう」

「だったらお断りです」

目の前の榊を見据えて、言明する。

「最大の譲歩です。こちらの意見をまったく聞かないというなら話し合いにもならないでしょう」

「柚木くん」

どうやら本気だと伝わったようだ。

「柚木くんは僕が抱いていた印象どおり——いや、それ以上ですね」

榊はため息をこぼすと、さわやかな笑みを浮かべた。

「わかりました。それについては、僕がお父さんを説得します。任せてください」

頼もしい言葉にほっとする。

榊に煽《あお》られて、まんまと承知させられたような気はするものの、口にしてしまった以上いまさら撤回はできない。それには、まずは資金だ。

久遠の顔が真っ先に浮かぶ。いや、まだPaper Moonの開店資金を返済している途中でまた借りるなんて……さすがに図々《ずうずう》しい。となると、銀行か。

果たして銀行が貸し付けてくれるか。難しかった場合、元BMの会員に口利きを頼むしかない。できれば避けたい事態だが、もしもの場合は幸いにも候補は何人かいる。

それにしても。

ふと、父親はどういう経緯で榊と出会い、契約したのかと不思議になる。年齢も肩書も異なる榊のような男と友人なんて、どうしてもぴんとこない。

父親自身はけっして社交的な性格ではないし、他者との接触自体、面倒くさがっていたように記憶している。だからこそ、紹介で知り合ったらしい義母と再婚した後も仕事にかまけ、彼女が好きに振る舞っても見て見ぬふりをしていたのだ。

「どうかな」

榊の声に、いろいろと考え込んでしまっていた和孝は目線を上げた。

「すみません。もう一度お願いします」

問い返したところ、意外な言葉が返ってきた。

「月の雫のこともあるし、お父さんのことでいろいろ話し合いが必要だと思うので、今度の休みに食事でもどうかなって」

「あー……」

榊の言うとおりだ。話し合いは必要だし、なにより榊とは良好な関係を築いていたほうがなにかといいのは事実だった。

「ぜひお願いします」

居住まいを正して、快諾する。

「よかった」

屈託のない、と言ってもいいほどの笑顔を榊が浮かべた。

「今度の休み、愉《たの》しみにしてます」

とまで言われてしまっては、苦笑してしまいそうになる。

愉しみ、というのはちがう。むしろ気重な話し合いだ。と思ったものの、和孝も笑顔で同じ台詞を返してから席を立った。

「お時間をとっていただいて、ありがとうございました」

一礼し、暇《いとま》を申し出る。壁の時計で確認すると、ぎりぎり間に合うかという時刻になっていて、急いで事務所をあとにした。幸いにも外へ出てすぐにタクシーがつかまったので、十数分後には店に着く。

自分が月の雫を買い取ると宣言してしまった件については、津守と村方《むらかた》にはまだ伝えなかった。ふたりによけいな心配をさせたくなかったので、正式に決まってからにしようと考えたのだ。

滞りなく夜の部の仕事を終えると、和孝は徒歩で自宅へ戻る。

頭の中は、昼間の件、月の雫のことでいっぱいだった。資金繰りを最優先で考える必要があるが、問題は他にもある。Paper Moon と並行して月の雫を続けていくのは、どう考えたところで無理だ。

誰か雇うにしても、採算の面で不安が残る。うまくやれるというのは、当然月の雫に全力を傾けた場合、だ。

「……はやまった」

シャワーを使う間も、寝室に移動してからも打開策は浮かばない。そもそも無理があるのはわかっていたため、打開できるかどうかも怪しい。

唯一、考えられるとすれば。

月の雫は毎日開けず、曜日限定にするやり方だ。それにしても、週一日が限度だろう。となると、よほどの売り、目玉が必要になる。それこそBM並みのなにかが——。

ベッドに腰かけ、レシピノートを手にああでもないこうでもないと思考を巡らせていた和孝は、耳に届いた軽快な音にはっとし、立ち上がった。

インターホンの音だ。

時刻はすでに零時近い。こんな時刻に訪問してくる人間はひとりしか思いつかず、まさかと半信半疑でリビングダイニングへ足早に向かう。

「マジか」

インターホンに映し出されている顔に、すぐにオートロックを解除する。その足で玄関へ急ぎ、扉の前で待機すると――二度目のインターホンが鳴る前に気配を察知し、ドアを開けた。

「早いな」

久遠がわずかに目を見開く。驚いたとでも言いたげだが、自分のほうがよほどだ。

「久遠さんこそ、どうしたんだよ」

普段はもっぱら自分が久遠宅を訪ねるばかりで、その逆はほとんどない。部屋もベッドも狭いし、ごく普通のマンションに久遠が頻繁に出入りすると目立ってしようがないし、と理由はいろいろあるが、セキュリティ面で久遠宅のほうが安心できるため、和孝自身がそうしたいというのが大きい。

事前に電話一本なかったところをみると、急に思い立ったのだろう。

「なんとなく、な」

「なんとなく？」

いつもはなんとなくで仕事を続けて、こちらに電話するのを二の次にするような男だ。

「なに。めずらしいじゃん」

あえて茶化した言い方をし、リビングダイニングに移動する。

「コーヒーにする？　それともビールかワインにする？」

そう問いつつキッチンに足を向けたが、

「和孝」

久遠に呼ばれて振り返った。

くいと、人差し指で招かれて正面に立つ。と、いきなり両腕が背中に回り、抱き寄せられた。

「……どうしたんだよ」

普通のカップルであれば、突然会いに来てくれてハグされればそれだけで嬉しくなるものだ。しかし、自分の場合は、普段と変わったことがあればむしょうに不安に駆られる。

「なにかあった？」

「いや」

これればかりはどうしようもない。

と久遠は一度否定してから、こめかみでため息をこぼした。

「いつもと同じだ。しばらくうちに来ないほうがいいと言いに来た」

「……そうなんだ」

こういうことはこれまで何度もあった。それどころか電話も制限されて、声すら聞けなくなってどれほどやきもきしたか。しかし、いまみたいに久遠がわざわざ訪ねてくるなど——今回が初めてだ。

その時点でいつもと同じとは言い難《がた》い。

「それで?」

スーツの肩口に頰《ほお》を寄せ、水を向ける。

「長くなりそうだから? それとも、よほどの非常事態?」

どちらもごめん被《こうむ》りたいが、怖いのは後者のほうだ。久遠がいつもとちがう行動をとるほどいま木島組は窮地に陥っているのか、と疑うだけで背筋が凍る。

久遠には敵が多い。五代目を狙《ねら》うなら、さらに増えるだろうことは目に見えている。

「そう思うよな」

ふっと笑ったのがわかった。

「ちがうんだ?」

「ああ。いつもと同じ面倒事で、それほど長引かせるつもりはない」

「だったら」

なぜ。

久遠の顔を覗き込む。

髪に触れてきてから、久遠が肩をすくめた。

「どうしてかって？　どうしてだろうな。まっすぐ帰宅するつもりだったんだが、急に顔が見たくなった」

「…………」

一瞬、なんと返していいのかわからなかった。心臓が跳ね上がり、たったいままで冷えていた身体《からだ》じゅうになんとも言えない甘ったるい感情が満ちていく。

嬉しさと照れくささから唇を尖《とが》らせた和孝は、久遠の背中に両手を回すと、ぎゅっと強く掻《か》き抱《いだ》いた。

「俺の気持ち、少しはわかった？」

スーツの布越しに、背中の硬い感触やぬくもりがじわりと伝わってくる。そして、整髪料とマルボロの匂《にお》いは、自分にとって特別なものだ。

その匂いを嗅《か》ぐと心が凪《な》ぐときもあれば、切なくなるときもある。どれほど腹が立っていても、あっという間にどうでもよくなるのだから、匂いというのはばかにできない。

「じゃあ、今日くらいゆっくりできるよな。ベッドはセミダブルだけど、俺がこうやって一晩じゅう抱き締めて寝てあげるから、落ちることはないだろ」

泊まっていってほしいと、それとなく誘う。またしばらく会えなくなるのなら、今夜くらい無理を言っても許されるはずだと願いを込めて。

「魅力的な誘いだな」

久遠がまたこめかみで笑う。

「だろ？　じゃあ、決まりだな。風呂《ふろ》入ってきなよ。俺、パジャマと下着を用意しておくから」

一度ぎゅっと両腕に力を込めてから身体を離し、寝室へ戻る。以前久遠を泊めたときのパジャマと下着を引っ張り出すと、それに目を落としてかぶりを振った。

久遠が会いにきてくれたことは純粋に嬉しいが、またか、という落胆も大きい。なにかあるたびに会えなくなって、自分はただ待つだけの日々を送るはめになる。

これまで、いったい何度くり返してきたか。何度経験したところで慣れないし、憤りも感じている。久遠が距離を置くのは自分の身の安全のためだとわかっていても、そうせざるを得ない状況に腹が立つのだ。

なんで俺がいちいち遠慮しなきゃならないんだ、と叫び出したい衝動にも駆られる。

「……いまさらか」

また首を横に振った、直後サイドボードの上の携帯が震えだす。

こんな時刻にいったい誰なのか。唯一夜中に電話をかけてくる相手はいまバスルームにいるため、怪訝《けげん》に思いつつ携帯を手にしたものの、表示されている番号には心当たりがない。

一度は無視しようとした和孝だが、まさか父親の身になにか……と厭《いや》な考えが頭をよぎり、結局電話に出た。

「どなたですか」

警戒心もあらわに呼びかけると、

『よかった。まだ寝てないと思ったんだ』

相手はあからさまにほっとした声を発した。

この声は――榊だ。榊がなぜ。すでに日付は変わっているというのに、よほどの用件なのか。明日では駄目なほど？

「なにかありましたか？」

戸惑いつつ榊に問いかけると、思いもよらない返答があった。

『今度行く予定のレストランなんだけど、予約する前に和孝くんの好みを聞いておきたくて。フレンチがいい？　それともいい鮨屋《すしや》があるから、そこにしようか。僕としては中華も捨てがたい。あ、でも、イタリアンのシェフにフレンチや和食は失礼かな』

捲《まく》し立《た》てるような問いかけに面食らい、いえ、と返す。そんな用事で拍子抜けした、というより戸惑いのほうが大きかった。

『そう？　よかった。どこでもいいなら、僕が決めてもいい？　きみは、当日のお愉しみってことで』

愉しげな声にはどう答えればいいのか。頭の痛い話し合いをする場であるはずなのに、榊からはまるで親しい友人同士……ともすればデートにでも誘うかのごとくうきうきとした様子が伝わってくる。

いつの間にか呼び方も口調もよりフランクなものへ変わっていた。

「あの、名前は」

口調は、自分のほうが年下なので特に気にならない。が、「和孝くん」という呼び方をされるのは違和感がある。

『あ、いきなり和孝くんはまずいかな。柚木さんと柚木くんはわかりにくいからなんだけど。もしきみさえよければ、このまま和孝くんと呼ばせてくれないかな』

理由は理解できる。存外、榊が強引なタイプだというのもわかった。

「そうですね。まぎらわしいですね」

和孝が承知したのは、やはり榊は味方にしておくべきだと判断したためだ。父親の進退は榊の手腕にかかっている。

『よかった。じゃあ、時間だけど――そうだな。五時半にマンションまで車で迎えにいくよ』

「……いえ。わざわざ来ていただかなくても、場所を指定してくだされば、大丈夫です」

遠慮から辞退したわけではなかったが、榊はそう受け取ったようだ。和孝の返答には耳を貸さず、先を続けていく。

『気にしないで。ああ、レストランで飲んでしまうだろうけど、そのときは代行業者を頼めばいいいし。次の土曜日、五時半。あ、そうだ。いろいろ込み入った話もするつもりだから、長くなるけど構わないかな』

「……はい」

『よかった。じゃあ、今夜はこれでおやすみ。明日も仕事なんだから、あまり夜更かししたら駄目だよ』

「……おやすみなさい」

終始、困惑したまま榊との電話を終える。携帯をサイドボードに戻したあとも、いったいいまのはなんだったんだと頭の中は疑問だらけになった。

フランクなひとであるのは間違いない。なにしろ、名乗る前にマティーニを寄越すようなひとだ。

親密さをアピールするのが榊の弁護士としてのスタンスだとしても、いきなり親しげに距離を縮めてくる人間が苦手な自分からすれば最初の好印象が覆るには十分だった。

もっともそれは、自分が社交的な性格ではないからかもしれない。いきなり愛想よく近づいてこられると警戒してしまうのは、子どもの頃からの癖だ。

家に出入りしていたやくざたちが馴《な》れ馴《な》れしかったせいで疑り深さに拍車がかかった、というのが言い訳だというのはわかっている。世の中には積極的にひとと関《かか》わろうとする人間がいると知っているし、顧客と親しくするのが榊のやり方であればこちらは全面的に合わせるしかないだろう。

「あ、パジャマ」

慌ててバスルームへ向かい、パジャマと下着を置く。その後、たまには紅茶でも淹《い》れるかとキッチンに移動し、用意していると久遠が姿を見せた。

ブランデーを垂らした紅茶をダイニングテーブルへ運んだとき、久遠と目が合う。

「どうした？」

久遠に隠し事ができないのは、いまに始まったことではない。ただでさえ忙しいときによけいな話を耳に入れるのは躊躇《ためら》われたものの、どうせそのうち報告しなければならないことだ。

「じつはさ」

呆《あき》れられるか、それとも軽率すぎると叱《しか》られるか、少なからず緊張する。椅子《いす》に座り、両手でカップを持ってから口を開いた。

「うちの親父《おやじ》のバー。月の雫。あれ、俺が買い取ることにした」

どこから話そうかと一応考えたが、結局、直球で打ち明けた。久遠からの返事を待たず口早になるのは、やはり自分でも早まったと思っているからかもしれない。

「贈与とかなんとか言ってたけど、そういうの絶対無理だし、まあ、どうにかするしかないっていうか」

そこで言葉を切った和孝は、あきらめの境地で久遠に向かって両手を合わせた。

「ごめん。毎月の返済額、ちょっと減らしていい？」

どうにかすると言いつつ、結局この体たらくだ。自分でも情けないと思うが、いくら考えてもこれ以外の方法がなかった。

「できるだけ近い金額にするつもりでいるけど、最初は、ほら、やっぱりかなり苦しいと思う」

しどろもどろで話す。久遠になんと言われるか、それを想像するだけで顔が引《ひ》き攣《つ》ってしまう。

が、久遠の反応は予想に反してあっさりしたものだった。

「気のすむようにしたらいい」

「え」

信頼されているから——とは思えず、和孝は自ら言葉を重ねていく。

「気のすむようにって、俺、父親のバーを買おうっていうんだよ？　いろいろ無謀だろ？　できるわけないって止めない？」

止めてくれというニュアンスになるのは致し方ない。自分でも難しいことは、重々わかっているのだ。

「やりたいんだろう？」

「それは、だから……なりゆきっていうか」

「やりたくないのか？」

久遠の質問は明瞭《めいりょう》だ。やりたいか、やりたくないか。

「いや……」

榊に申し出たときは、やりたくないけど、引っ込みがつかなくなって仕方なくだった。

いま一度思案して、ひとつだけ明確になったことがある。

困ったことに、自分が考えているのはどうやったら月の雫をうまく生かせるか、なのだ。厭々、仕方なく、半ば自棄《やけ》で、とそう思っていたけれど、すでに自分の手であのバーをどうにか建て直したいと考え始めているらしい。

「俺がなんとかしたい」

難しいのは承知でそう答える。久遠は答えを予期していたのか、軽く頷いただけだった。

「でも、月々の返済は確実に減るよ」

「おまえが勝手に返しているだけだろう？」

「それはそうなんだけど、返済しなかったら、俺の店じゃなくなるだろ」

そこは重要だ。でなければ自分の城、オーナーシェフを名乗れなくなる。

「バーの買い取り資金も俺が用立てる。要求はそれだけだ」

久遠の申し出は、和孝にしてみればあまりに都合がいい。無利子無担保、返済額にも融通が利くなんて通常では絶対にあり得ない。

「けど、それじゃああまりに頼りすぎだし。楽な道を選んだら駄目だと思う」

一軒店を増やそうという男が、金銭的な面で楽をしていてはこの先なにかあったときに甘えが出ないとも限らない。だが、確かに借金をするなら他よりも久遠で一本化したほうが合理的なのは確かだ。

「月々の返済額を増やすのは当然として、他になにかないとまずいよな。だって、久遠さん、俺が今月は苦しいからって頼んだら簡単に待ってくれるだろ？」

「それが厭ってわけか」

「厭に決まってる」

なら、頼まなければいいと思うが、そう単純な話ではない。月の雫を軌道にのせるにはそれなりの時間が必要だと、まがりなりにも一軒店を切り盛りしている身なので容易に想像がつく。

「条件を設けてほしいならそうするが？」

久遠が、立ったままカップを手に取り、紅茶を一口飲んだ。上下する喉仏《のどぼとけ》を思わず見てしまったのは、自分にしてみれば、それこそ条件反射みたいなものだ。

「条件……まあ、そうだね」

「なら、減額するときは、身体で払ってもらうか」

「身体？」

さらりと口にされた一言に、喉仏から久遠の顔へ視線を移す。

普段同様、冗談とも本気とも知れない表情を前に、和孝自身は半信半疑で問い返した。

「身体で払うって、それありなんだ？」

そんなことが引き換えになるのか。

──ごめん。今月厳しいから身体で払っていい？

──あ、でも、マニアックな行為は無理だから。

──もうひとつ、翌日のことを考えるとあまり長いのも勘弁してほしいかな。

そこまで想像して、和孝は頬を引き攣らせた。

それじゃあ、普段となにも変わらない。結局ぐずぐずになって、どうでもよくなるところまでが一連の流れだ。

と、返そうとしたものの、いま一度思案する。そもそも久遠自身、アブノーマルな趣味はない。これまで無体な要求をされた憶《おぼ》えもないし、仕事に支障が出たこともない。いつもと同じ行為にほんの少しオプションを加えるだけで資金繰りがつくなら安いものだ。

「…………」

なんて姑息《こそく》なのだろう。いや、わかりきっていたというべきか。譲られたくない、買い取ると啖呵《たんか》を切っておきながら、結局久遠頼みになってしまった。

まあ、いい。その代わり、なにがなんでも自分の手で月の雫を再建する。そのために頼れるところは頼って、うまくいったあかつきにはなんらかの礼をしよう。

「じゃあ、もしものときは身体で払うから」

冗談だ、と久遠が撤回しないうちにカップを差し出す。おそらく久遠は自分の浅はかな算段に気づいているはずだが、なにも言わずに合わせてきた。

「交渉成立」

うまくいったと、少しぬるくなったブランデー入り紅茶を飲み干した和孝は、今後の段取りについても頭のなかで並べていった。

金銭面での不安が取り除かれたいま、もっとも重要なのは月の雫をどういうバーにするか、だ。さっきまでは困難だらけのような気がしていたのに、現金なもので途端に明るい兆しが見えてくる。

やはり、他人任《ひとまか》せにしないで、週一回だけ開けるバーにするのが最善かもしれない。それを叶《かな》えるには、月の雫自体に相当な付加価値が必要になるが。

どちらにしても津守と村方に相談しながら、進めていく必要がある。

「夢が広がっているところ悪いが」

久遠がカップをテーブルに置いた。

「そろそろ場所を変えようか」

捕らぬ狸《たぬき》の皮算用とはこのことだ。恥ずかしくなったものの、和孝も椅子から立ち上がり、率先して寝室へ移動した。そして、先にベッドに横になると、久遠に向かって両手を伸ばす。

「はい。どうぞ」

「先に聞くが、俺はなにもせずにじっとしてなきゃいけないのか?」

「それについては、なりゆき次第ってことで」

ベッドに入ってきた久遠を抱き締める。パジャマ越しのぬくもりが心地いい。

同じボディソープの匂い。硬い身体の感触。吐息。うなじに触れてくる唇にも陶然とする。

「もしかして、久遠さん、俺が月の雫を買い取るって言いだすの、予測してた?」

月の雫を買い取ると切り出した際、ほとんど驚かなかったのは、こうなることがわかっていたからではないのか。

「そうだな」

「なんで？」

うなじにあった唇が鎖骨へと滑っていく。いろいろ考えていたことが徐々に曖昧《あいまい》になっていく、その感覚にもうっとりして身を任せた。

「なんとなくだ」

なんとなくってなんだよ、と思う半面、心がときめく。なんとなくで自分のことを理解してくれるひとがいる、その事実は思いのほか嬉しいことだ。

「――久遠さん」

和孝は久遠の頬を両手で包み、自分から顔を寄せた。

唇を触れ合わせる。少しずつ深くしていくと、ときめきも大きくなっていく。たまらず身体をすり寄せながら、いまさらじゃないかと、ふっと頬が緩んだ。

当たり前のことに気づいたのだ。

肌を合わせ、深い場所まで許したあげく無防備な姿をさらしているたったひとりの相手だ。なんとなくで伝わったとしてもなんら不思議ではなかった。

お互いに。

以前の、久遠の真意を測りかねて苛立《いらだ》っていた頃の自分はもういない。言葉はなくとも、なにか変調があればなんとなく伝わってくる。ほんの些細《ささい》な表情や声の変化。触れてくる手の熱。まなざしで。

共通点はゼロに等しい自分たちだが、そういう関係を築いてきたことに満足感を覚える。会話もなく並んで座っているだけで落ち着ける、老夫婦みたいな関係になれればそれが一番だ。

縁側に座る姿を想像した和孝は、たまらず吹き出した。

どちらにしてもずっと先の話だろう。いまはまだ、並んで座っているだけでは物足りない。

「愉しそうだな」

鼻に口づけてきた久遠の髪を乱すと、間近で見つめて誘う。

「俺、まだいろいろ足りないんだなって思ってさ」

仕事にしても私生活にしても、性欲に関しても同じだ。性欲に限って言えば、人生においてたったひとつの恋しか知らないため比較対象はひとりになるが、何年たっても倦怠期《けんたいき》どころか欲望は強くなっていく。

存外しつこい――いや、ここは一途《いちず》と言っておこうか。十七歳の頃から十年同じ男を想《おも》っているのだから、十分一途だろう。

「それは、期待されてると受け取ればいいのか？」

「まあ、そう受け取ってもらってもいいかな」

見つめ合って口づけを交わす。いつものやり方で、昂揚《こうよう》のまま衣服を脱ぎ捨てると、まるで最初からそうだったみたいに肌を合わせる。

その後は本能のままだ。

なにもかも忘れて、ふたりきりの一夜を、ふたりでしかできないことをして過ごす充足感を和孝は心ゆくまで味わった。

そして、約束したとおり久遠を胸に抱き寄せ、穏やかな睡魔に身を委《ゆだ》ねたのだった。

＊

マンションの二十三階でエレベーターを降りた榊は、こつこつと靴音を響かせて廊下を進み、角部屋のドアの前へ立つと開錠して中へと身を滑らせる。

シューズボックスの扉を開け、寸分のずれもなく並んだ革靴の上段に脱いだばかりのそれを置いたあと、スリッパに履き替えて奥の部屋へとまっすぐ向かった。

その部屋は特別だ。

隅々まで掃除の行き届いた自宅のなかでももっとも丹念に磨き上げている。美しいひとには一点の汚れも似合わない。常に快適な空間でくつろいでほしいという気持ちを表しているのだ。

「ごめん。待ったかい？」

もとより内装も調度品もすべて吟味したものだ。彼に似合いのさわやかなグリーンの壁紙に、店と同じウォールナットを使った床。テーブルも椅子も同一素材でこだわるのは、じつに彼らしい趣味と言えるだろう。

そして、匂い。

人工的な匂いは不要だ。もともと体臭の薄い彼には、仄かなフリージアの香りこそがふさわしい。

榊は革張りのソファに歩み寄ると、そこに腰かけている部屋の主の前で膝《ひざ》をついた。

「ひとりで寂しかったね。ああ、そんな顔をしないでくれ。これでも急いで帰ってきたんだから」

白い頬を指先で撫《な》でる。硬くて冷たいのは、しようがない。一日じゅうひとりでいたせいで、拗《す》ねているのだ。

「なあ、おかえりって言ってくれないか？　ああ、そうだ。今日はプレゼントがあるんだよ。きっときみに似合う。ほら、見てごらん」

鞄《かばん》から取り出したのは、ベルベットのケースだ。そっと蓋《ふた》を開けて、きらきらと輝いているダイヤの指輪を見せる。

「綺麗だろ？　指にはめてあげるよ。だから、機嫌を直してくれないか？」

強張《こわば》った手をとり、ゆっくりと薬指にはめていく。サイズはぴったりだ。肝心なところでミスを犯しては興ざめになるので、この数年間で下調べは十分できている。

洋服や靴のサイズ。好きな色、音楽、映画。嫌いな食べ物。苦手な虫。なんでも知っている。たぶん本人すら気づいていないような小さな癖まで見逃していない。

不仲な父親。義母。似ても似つかない弟。仕事仲間。友人。

「きみを苦しめたお父さんは、相応の制裁を受けるべきだね」

そして、不似合いなあの男。

他の人間はまだ耐えられた。彼自身が魅力的だからこそ周囲は放っておかないし、みなが群がってくるのは当然のことだ。

だが、あの男だけは趣味を疑う。あの男の部屋へ通う姿を目にすると、まさに身を引き裂かれるも同然の痛みに襲われる。

おそらく弱みを握られているのだろう。そうでなければあんな野蛮な男に、彼が近づくはずがない。

「大丈夫。もうすぐ僕が救い出してあげるから」

そのために用意した部屋だ。しばらく外へ出ずふたりきりで過ごせるよう彼好みに揃《そろ》えたし、蓄えも十分用意した。

あとは土曜日を待つばかりだ。

「ああ、愉しみでならないよ。きみもそうだろ？」

初めて会ったときの衝撃をいまでも憶えている。まさに運命の日だった。その瞬間、雷に打たれたかと錯覚したほどで、思い出すといまだ全身が震えてくる。

まだ高校生だったというのに、彼が特別だというのは一目でわかった。分不相応にもチンピラたちがコナをかけていたが、奴らが触れていい存在ではない。

まるでハイエナのようにこそこそと寄っていく奴らを彼が一蹴する姿を見るたびに、電流に身体じゅうを貫かれるような感覚に酔《よ》い痴《し》れた。

「きみにふさわしい男になるために頑張った僕を、早く受け入れてほしいな」

やくざの顧問弁護士として糊口《ここう》をしのいでいた自分を捨て、美しい彼にふさわしくなるために顔を変えて一からキャリアを積み、長い年月をかけてここまできた。

ＢＭで再会したときに抱いた想いが、父親の元の顧問弁護士から仕事を譲り受けることが正式に決まった瞬間、確信となった。

自分たちはともにいるべきだ、と。これは運命だ。

「和孝くん」

身を屈《かが》め、スラックスから覗《のぞ》いた素足に口づける。指の間に唇を滑らせていくが、白い足はぴくりとも反応しない。

「はあ」

足から顔を上げ、すっくと立ち上がった榊は、ぽいとケースを放り投げたその手で髪を乱暴に搔《か》き上《あ》げた。

こんなマネキンにはもう飽きた。長年、従順に慰めてくれたといってもマネキンはマネキン、本物にはほど遠い。

顔に手をやり、そこに貼《は》りつけた写真を勢いよく剝《は》がす。いくら綺麗でも、写真は単なる紙切れでしかない。

近くで目にした彼は、見惚《みと》れるほど美しかった。

顔立ちもそうだが、なにより内面の純粋さが際立っているのだ。

だが、いまは無理をしている。本来の彼は寂しがり屋で、他人が苦手であるはずなのに、必死で周囲に合わせて作り笑いを浮かべていた。

「可哀想《かわいそう》に」

みなは大人になったと言うかもしれないが、自分はちがう。

自分だけは本当の彼を理解している。

「僕が救ってあげる」

テーブルに移動しパソコンのスイッチを入れると、事務所の応接室にあらかじめ設置しておいたカメラのデータを開いた。

彼が応接室に入ってくるところからチェックする。少し動きが硬いのは、緊張しているからだろう。

「大丈夫。リラックスして」

話している間、本人は極力抑えていたようだが、表情がくるくると変化する。怒り、戸惑い、困惑、安堵。ときには意地っ張りな部分も垣間《かいまみ》見え、これだけで彼の魅力が伝わってくる。

「早く土曜日にならないかな」

あと少しで、なにより欲しかったものが手に入る。その瞬間を想像すると眩暈《めまい》がするほどの悦《よろこ》びを覚え、榊は震えながら両手で自身の肩を抱くと、己の情動のままあえかな陶酔に身を任せた。

もうすぐだよ、和孝くん。

瞼《まぶた》の裏に焼きついている彼にそう声をかけながら。

あとがき

こんにちは。高岡《たかおか》です。冬が終わり、春の足音が聞こえ始めるよき日に『ＶＩＰ　抱擁《ほうよう》』をお届けできること、とても嬉《うれ》しく思っています。半面、以前にも増して緊張しきりで、今後の展開を考えるとなおのことそわそわして落ち着きません。

そんななか読み続けてくださる皆様の存在がなによりの励みになっています。萌えた、よかった、というお言葉にはもう……舞い上がってますよ！　いつも本当にありがとうございます。

おかげさまで、ＶＩＰ番外編同人誌再録集「Anniversary《アニバーサリー》」も同時配信になりました し、私的にお祭り継続中です！

最後になりましたが、いつも素敵なイラストを描いてくださっている沖《おき》先生に心からの感謝を捧げます。今回もとても愉《たの》しみです！

二〇二〇年。今年も和孝《かずたか》と久遠《くどう》におつき合いいただけますように。

高岡ミズミ

『VIP《ブイアイピー》　抱擁《ほうよう》』、いかがでしたか？

高岡《たかおか》ミズミ先生、イラストの沖麻実也《おきまみや》先生への、みなさまのお便りをお待ちしております。

高岡ミズミ先生のファンレターのあて先
〒112-8001　東京都文京区音羽2-12-21　講談社　文芸第三出版部「高岡ミズミ先生」係

沖麻実也先生のファンレターのあて先
〒112-8001　東京都文京区音羽2-12-21　講談社　文芸第三出版部「沖麻実也先生」係

N.D.C.913　223p　15cm

高岡ミズミ（たかおか・みずみ）
山口県出身。デビュー作は「可愛《かわい》いひと。」（全9巻）。
主な著書に「ＶＩＰ《ブイアイピー》」シリーズ、「薔薇王院《ばらおういん》可憐《かれん》のサロン事件簿」シリーズ。
ツイッター　https://twitter.com/takavivimizu
HP　http://wild-f.com/

講談社X文庫

white heart

VIP《ブイアイピー》　抱擁《ほうよう》

高岡《たかおか》ミズミ

●

2020年3月3日　第1刷発行

定価はカバーに表示してあります。

発行者――渡瀬昌彦
発行所――株式会社 講談社
東京都文京区音羽2-12-21 〒112-8001
電話 編集 03-5395-3507
販売 03-5395-5817
業務 03-5395-3615
本文印刷―豊国印刷株式会社
製本――株式会社国宝社
カバー印刷―半七写真印刷工業株式会社
本文データ制作―講談社デジタル製作
デザイン―山口　馨

ISBN978-4-06-518332-8